# 百均で異世界スローライフ　1

# 登場人物紹介

**クリス**

代々宰相を輩出する名門・ガーディナー公爵家の御曹司。ある重大な悩みを抱えていたが、ナナミの店の商品に救われる。

**タケル**

日本から異世界に召喚され、魔王を討伐した勇者。懐かしい日本の食べ物に惹かれて、ナナミの店の常連になる。

**ナナミ**

日本で平凡な学生生活を送っていたが、ユーリアナ女神によって異世界に召喚された。女神から与えられた「日本の百均（百円均一）ストアで売られている商品を呼び出す」能力を駆使して、自分のお店を切り盛りしていく。

ショルト
商業ギルドの所長。ナナミの呼び出す百均アイテムに注目し、彼女の出店に協力する。実は意外な裏の顔も……。
クリリ
獣人の少年。普段は孤児院で年下の子供たちの世話をしながら暮らしている。ナナミと出会い、店を手伝うようになる。
ベス
本の販売や貸し出しを行っている、《猫の貸本屋》の店員。ナナミにとっては、異世界でできた初めての友人。
ユーリアナ
ナナミを異世界に召喚し、特
能力（ギフト）を与えた、自称「
しい女神様」。少しおっちょこち
いな性格。

# 目次

## 【第一章】　プロローグ

寒さで目が覚めた。

「え？　ここどこ？」

見慣れない天井に驚いた。ベッドの上に寝ているのはわかるけど、ここがどこだかわからない。なぜか布団の上に寝ていたようだ。明かりはランプの光だけで見えにくい。いまどきランプだなんてどこのホテルなんだろう。覚えてないけど未開の土地にでも旅行に来たのかな。

自分の服にも驚いた。服はいつも着ているものとデザインは変わらないけど、生地がまるで違う。縫製も手作りって感じで、既製服ではなくオーダーメイドされたかのように私に合わせてある。ショートパンツも白いシャツも、そして床の上に置かれているショートブーツも、日本で買えばいくらするのか見当もつかない高級品になっていた。

そばにはカバンが置かれている。いつも使ってるカバンだけどなんだか少し違う気がする。触ってみて素材が違う事に気付いた。

私が買ったのとは違って、とても作りが良いみたい。カバンを持ち上げると一枚の紙がベッドの下に落ちた。拾ってみると紙はごわごわとしていた。見た事もない紙だ。でも文字は日本語で書かれている。


《あなたは選ばれました。あなたの世界とは違って魔法が使えるこのファンタジーな世界で生活してください。

チート能力はあげられませんが、普通に生活できるレベルです。

あとあなたの日常生活で必要だと思われる百均とやらは使えます。

楽しい異世界生活を送ってください。

優しい女神様より》

「何よ、これ、どういう事？」

本で読んで憧れた事はあるけど、本当に異世界に来るなんて考えた事もなかった。

しかもチート能力がないなんて最悪だ。異世界に転移させられたら必ず付いていると言われるチート能力。それが貰えないなんて。普通のレベルでどうやって生活するのよ。

呆然《ぼうぜん》と紙を眺めていると続きがあるようだ。

《追記：いきなり無一文ではかわいそうなので多少ですが異世界で使えるお金を財布に入れてます。
優しい優しい女神様より》

「お金を少し貰ってもそれでいつまで暮らせるのよ。着のみ着のままこんな異世界に突然連れてこられて可愛い女の子がどうやって生活していくのよ」

この女神様ってきっと世間知らずなのね。ん？　もしかして日本のライトノベルの愛読者だったりして。それならこんな展開もわかるわ。あれってすごい御都合主義で書かれてるもの。

《追記二：このホテルのお金も十日分払ってあるので安心してください。一泊二食付きの十日分です。
とっても優しい女神様より》

なんだかとっても腹が立ってきた。

「何が優しい女神様なのよ。優しい女神様ならもっとサービスしなさいよ。魔法が使える世界だって言ってるけどチート能力がないって事は、まさかとは思うけど私には魔法が使えないんじゃないでしょうね。だったら魔法のある世界に来ても全然意味ないじゃないの」

文句を言ってると続きが出てきた。

《追記三：この世界の言語は全て話せる能力はついてます。もちろん読み書きもできます。あと少しだけですが魔法が使えます。努力すればレベルが上がります。

こ、これ以上は追加できません。魔法についてはステータス画面で確認してください。あっ、ステータス画面は心の中で念じながらステータスと唱えれば見れるから。最初は慣れないかもしれないけどゲームだと思えば楽しいと思う。カバンも特注品でわざわざあなたの一番好んで使ってるカバンと似せて作ってるのよ。無限に入るし、カバンの中は時間が経たないからとっても便利よ。

優しい優しい、そしてとっても気が利く女神様より》

「夢だ。きっと夢なんだわ」

都合が悪くなると寝る癖がある私は寝る事にした。きっと目が覚めたらいつもの日常に戻ってる事を願って。

## 【第二章】　オールド眼鏡を売ろう

### （一）

小鳥の鳴き声と窓から入ってくる太陽の光で目が覚めた。

やっぱり何も変わってなかった。目が覚めたら元の世界に戻ってるんじゃないかと期待してたけど、これはどうしてもこの異世界で生活していかないといけないみたいだ。

起き上がってとりあえず部屋の様子を確かめた。窓から太陽の光が入ってくるせいか、昨日よりはよく見える。八畳くらいはありそうな木張りの部屋の真ん中にシングルベッドが一つ。端の方にタンスが一つ。ベッドもタンスも木製で質素なデザインだった。

タンスの上に置かれている鍵がこの部屋の鍵になるのだろう。全体的に古ぼけたような印象はあるけど思ってたよりはまともな部屋にホッとした。

タンスの隣にドアが見えた。入り口とは違うようだ。

風呂だといいなと思いながら開けるとトイレらしきものがあった。座れるようになっていて穴が空いてる。穴の中を覗《のぞ》いたけど異空間のように暗い闇があるだけで、どうなっているのかわからない。臭いもないからこれは魔法みたいなものなのかな。

どうやら風呂はないみたいだ。風呂がないのは困るな。あとで風呂屋があるのか聞いてみよう。狭い部屋なので見るところはそれほどなく直ぐ見終わった。

そうだステータスを見てみよう。女神様が言ってたように心の中で念じながら唱えてみる。

「ステータス」

ベッドに腰掛けて唱えるとステータス画面らしきものが見えた。ゲームとは違って能力が全て数字化してるわけではないようだ。数字化したものも見てみたかったからちょっと残念。

名前：倉田ナナミ（クラタナナミ）
年齢：二十一歳
職業：学生
固有能力：生活魔法・治癒魔法・防御魔法・ユーリアナ女神様の加護
ギフト：百均

カバン：財布一
財布：三十万円（金貨三十枚）

魔法があるのね。なんか後付けっぽかったけどこれってどこまで使えるんだろう。サービスしろって言って貰った魔法だからあんまり期待するのはやめておこう。

百均って百円均一の百均よね。まさか百均でアルバイトしてたからかしら。この百均の所を押したら使えるのかな。

百均の文字を押したら、食品・文具・雑貨とか色々選べるようになってる。とりあえず雑貨を選ぶと画面が変わった。百均で売ってる雑貨の画像が現れる。

試しに一つ買ってみる事にした。鏡を選ぶといろいろな種類の鏡が表示される。

布製のカバーの付いたスタンド鏡、アンティーク風のスタンド鏡、コンパクト型の鏡、木製の手鏡。種類が多すぎて悩んだけどアンティーク風のスタンド鏡を選んでカートに入れた。

支払い画面で確定ボタンを押すと、
『お買い上げありがとうございました。残金は二十九万九千九百円です』
の文字が現れた。

「ん。お金は減ったのに鏡が出てこないよ。鏡はどこにあるの？」

周りを見るがどこにも無い。周りにあるのはカバンだけだ。とりあえずカバンの中を見た。このカバンも女神様の言ってたように普通とは違うようだ。開けてみたが中が見えない。暗闇があるだけだ。これってゲームに出てくるアイテムカバンかな。無限にものが入って時間の経過もないって言ってたけど本当かな。

カバンの中を見てもわからないので恐る恐る手を突っ込むと鏡が手の中に。やっぱりアイテムカバンで間違いないみたい。

ステータス画面が変わっている。鏡を買ったからだろう。

名前：倉田ナナミ（クラタナナミ）
年齢：二十一歳
職業：学生
固有能力：生活魔法・治癒魔法・防御魔法・ユーリアナ女神様の加護
ギフト：百均
カバン：財布一
財布：二十九万九千九百円（金貨二十九枚、銀貨九枚、銅貨九枚）

どうやら百均で買うと財布の中から支払われるらしい。無料ではないようだ。金貨一枚が一万。銀貨一枚が千円。銅貨一枚が百円ってとこかな。どうやら消費税はとられないみたい。女神様は多少といったが三十万円もくれるとは確かに優しい女神様みたいだ。普通の転移ものだったら、無一文で魔物のいる森とかに放り出されてる。死にそうな所で助けが入るのがお約束だが、現実はそうはいかない。優しい女神様で良かったのかな。

「女神様ありがとう」

とりあえず手を合わせて祈っておいた。

「さてと女神様に祈りも捧げたし、お腹が空いたから食べに行こうかな」

隣からも物音が聞こえてきたし、そろそろ朝食に行ってもいいよね。

でも行く前に鏡で自分の顔を確認する事にした。そのために鏡を買ったのだ。多分大丈夫だと思うけど全く違う顔になってたらどうしよう。髪は黒いみたいだけど短いからよくわからない。深呼吸を一回してから恐る恐る鏡をのぞきこんだ。

「なあんだ。まったく変わってない」
思わず声に出してしまった。少しの不安と少しの期待。とてつもなく不細工になってるか絶世の美女になってるか。もしかしたら年齢も若くなってたりしてとかいろいろ考えてたのに、目の前にある顔は寸分違《たが》わず昨日までの私だ。絶世の美女まではいかなくても少しくらいサービスしてくれてもいいのになあ。鼻が少し高くなるとか、色白になるとか……期待して損しちゃったよ。

鏡を見ながら寝癖を手ぐしで直す。短い黒髪に黒い瞳。日本人らしい彫りの浅い平凡な顔。目が大きいのが唯一の美点かな。背も日本人の平均の百五十八センチ。体重も平均の××キロ。本当にこのまま一生平凡な人生を歩んでいくと思ってたのになあ。まさか女神様の気まぐれで異世界転移する事になるなんてね。

鏡をタンスの上に置くとカバンを横がけにして鍵を持って部屋から出る事にした。お腹がすいては戦はできないから、とりあえず食べに行こう。

少し緊張する。どんな人たちと出会うんだろう。いきなり人間じゃないのに出会ったら、なんて挨拶《あいさつ》したらいいのか。いやいや、見かけで判断したら駄目だ。人間以外の人（?）も立派な人なんだから。

「よし」

掛け声をかけて外に出たけど誰とも出会わなかった。ビクビクして損したよ。

どこで食べるかわからないから、受付にでも行ってみよう。下に降りるとカウンターに若い女の人がいた。良かった人間だ。

「すみません。まだ朝食大丈夫ですか？」

「はい。九時まで大丈夫です。朝食は向かいのうさぎ亭で、ここの鍵を見せたら食べられます。そのまま出かける時は鍵をここに戻しに来てください」

女の人は受付の上にある時計を指差して教えてくれた。木製の時計だ。長針と短針も木製。でもそれだけなんだよね。歯車も見えないし、どういう原理で動いてるんだろう。なんだかほっこりゆっくりと時間が流れていくような気がする。文字盤ももちろん木製だけど一から十二と日本の時計と同じつくりだ。一日二十四時間であってるのかな。

「一日二十四時間なんですか？」

「そうですよ」

女の人は首を傾《かし》げながら答えてくれた。恥ずかしい。絶対変な事聞く子だって思われたよ。でも仕方ないよね。本当にわからないんだから。

「お客様は昨日こられた方ですね。田舎だとまだ時計はない所もありますから、気にしないでください。これは魔石の力で時を刻んでいくんですよ。他にもわからない事があったら、なんでも聞いてくださいね」

なんかとても優しい人だ。良かった受付がいい人で。

「ありがとうございます。田舎から初めて出てきて、わからない事がたくさんあるのでよろしくお願いします」

丁寧《ていねい》に頭を下げると、

「小さいのに大変ね」

と言われる。

小さいってもう二十一歳なんだけど、まあいいか。誤解されてた方がいろいろ優しくしてくれそうだから黙っていよう。


《うさぎ亭》はたくさんの人で賑《にぎ》わっていた。いわゆる獣人もいた。耳と尻尾《しっぽ》だけ出してる人も、全体的に獣人な人も。どうやって食べるのか見ていると器用にスプーンを握って食べていた。あんまりジロジロ見ていると失礼だろうと目をそらすとそこにも獣人がいるわけで、目のやり場に苦慮《くりょ》した。

鍵を持って立っていると兎《うさぎ》の獣人らしい女の子の店員に話しかけられた。

「朝ご飯ですね。こちらの席にお座りください。パンは黒パンと白パンのどちらになさいますか？」

「えっと、白パンでお願いします」

よくわからないので白パンにしておいた。黒パンより柔らかそうな気がしたからだ。

しばらくするとスープとパンとサラダを運んできた。

「スープは熱いから気をつけてね」

どうやらここでも幼く見られてるようだ。


「いただきます」

思ったよりはまともな食事でホッとした。スープはピンク色で何のスープか気になったけど、飲んでもよくわからなかった。ポテトのスープに似てるけど濃厚さはなく、さっぱりとしてる。少し肌寒かったのが、このスープのおかげでポカポカしてきた。

パンは思ったより柔らかく、噛《か》めば噛むほど味がある。日本人の私としては物足りない。ジャムが欲しい。サラダはいろいろな野菜が入っているが、ドレッシングはなく素材の味を大切にしているという感じだ。

「やっぱり異世界って調味料があんまりないのかな。それともこの店だけ扱ってないのか」

これから暮らしていく上で、これは大事な情報だと思うからあとで受付のお姉さんに聞いてみよう。野菜は新鮮だからドレッシングがなくても美味《おい》しくいただけた。でもマヨネーズかけて食べたらもっと美味しいだろう。明日の朝はマヨネーズを持ってこよう。なんだかんだ言いながらも全部いただいた。

「ごちそうさま」

宿の名前は《くまのねどこ》だった。《うさぎ亭》の時も思ったけど文字が読めるようで安心した。翻訳《ほんやく》機能はあるような事書いてたけど、どうも優しい女神様って不安なんだよね。

朝食を食べ終わって宿に戻ると受付のお姉さんが手を振ってくれたので、話を聞いてもらう事にした。

「お姉さん、このあたりは調味料ってどんなものがあるんですか？」

「調味料って塩の事かしら。塩と胡椒《こしょう》はあるけど、このあたりは港から離れてるから少し高くなるのよ。王都に近いから港から離れていても、いろいろ新しいものは入ってくるけど、値段が高いのよね」

そうかここは王都に近いんだ。結構大きい街なのね。やっぱり図書館とかあったらいろいろ調べたほうがいいみたい。地図とかも欲しいし。

「市とかあるんですか？　そこで私が物を売っても大丈夫ですか？」

「物を売るの？　市はあるけど商業ギルドに登録しないと場所を貰えないわよ。登録は簡単だから行ってみるといいわ」

お姉さんは商業ギルドの場所を丁寧に教えてくれた。お姉さんの名前はサリアさんだった。


私は部屋に一度戻ってから行く事にした。

初めは冒険者になる事も考えてみた。魔法は貰ったけど防御魔法と治癒魔法で魔物を倒せるとは思えない。だったら剣で戦う？　魔物に瞬殺される未来が見える。運動神経はないからね。

冒険者ギルドで初心者がする事といえば薬草取りと決まっているが、それも『鑑定』のスキルがなければ話にならないだろう。私にはこの世界の薬草なんてわからないのだから。

そこで考えたのが百均の商品を売るのはどうかという事だ。

百均の商品はショボイものばかりだけど（何しろ百円で買えるものなんだからね）この世界でなら売れるかもと閃《ひらめ》いたのだ。食堂ではジャムやドレッシングがなく、スープの味も薄かった事。

サリアさんによるとこの街は港から離れてるから塩や胡椒が高いというのも狙い目だ。百円で買って倍の値段で売っても利益が出る。

他所《よそ》の店で値段を確認してその値段で売ってみるのもいいかも。あんまり高いと売れないからそうしよう。最近の百均にはいろいろあるから他にも売れるようなものがあったら、どんどん売っていかなければ。

三十万あるとはいえ、ホテル代もバカにならない。アパートを借りれるくらいは稼いでいかないとね。

商業ギルドに行ったら何を売るか聞かれるかもしれないから、見本に何個か持って行こうと思う。

さすがに人前でステータスを出して変な目で見られるのは困るから、ここでいろいろ買っておこうと思う。

ステータスってみんなが持ってるのかわからないしね。変に注目されて異世界人だってばれたらどうなるのか想像もつかない。

早速百均を呼び出していろいろと買ってみた。塩はいろいろあるから瓶《びん》に入ったのを十個と袋入りを五袋、塩胡椒も十個、マヨネーズを十個、砂糖を五袋。飴《あめ》を五袋。とりあえずこれだけあればいいかな。

もし売れないって言われたらどうしよう。でも他に稼ぐ方法が思いつかないからダメもとで試してみよう。

駄目ならまた何か考えればいい。とにかく動かないと何も始まらないものね。

名前：倉田ナナミ（クラタナナミ）
年齢：二十一歳
職業：学生
固有能力：生活魔法・治癒魔法・防御魔法・ユーリアナ女神様の加護
ギフト：百均
カバン：財布一・塩十瓶・塩五袋・塩胡椒十個・マヨネーズ十個・砂糖五袋・飴五袋
財布：二十九万五千四百円（金貨二十九枚、銀貨五枚、銅貨四枚）

（二）

受付のサリアさんに教えて貰った道を歩いていた。道はサイコロ状の表面が平らな石を畳のように敷き詰めてある。オレンジ色の切妻屋根と木製の壁が特徴的だ。

サリアさんの説明によるとこのガイアという街はぐるりと城壁で囲まれてるそうだ。

神殿の所だけ城壁が途切れてるが、そこは神聖な場所。結界のようなもので魔物を寄せつけないらしい。あちらこちらに獣人が歩いているし、やっぱりファンタジーな世界だね。


中世のヨーロッパを思わせる風景に目を奪われた私は何度か人とぶつかってしまった。ぶつかった人の中には獣人の方もいたけど、誰一人として怒ってくる人はいなかった。

良かった。治安の良い街みたい。でも油断は禁物だよね。このカバンが全財産なんだから。日本人は海外に行ってカバンや財布を取られる事が多いと聞く。

異世界は外国より怖い。誰にも頼れないんだから気を付けないとね。そんな事を考えているとカバンを握る手に力が入った。

しばらく歩いていると商業ギルドの看板が見えてきた。さっきから思ってたけど、どうやら字も読めるようだ。私には日本語で書いてるように見えるけど、きっとこの世界の言葉で書かれているのだろう。

これも女神様の加護のおかげかな。


「こ、ここが商業ギルド」

商業ギルドは三階建ての木造の建物だった。日本ではもっと大きな建物がいっぱいあるのに緊張で足が震えてくる。

「優しい女神様よろしくお願いします」

手を合わせて祈ってから建物に入る。すごい数の人だった。冒険者ギルドと違って朝から人が多いとは思っていなかったので驚いた。どこの窓口も列ができている。どうしよう、後からまた来ようかな。ウロウロしていると一つだけ誰も並んでいない窓口があった。

四十代くらいのおじさんが座っている。なんで誰も並ばないのかは気になるけど、話しかけてみる事にした。

「すみませんここで市について聞いてもいいですか？」

「どうぞ、お座りください」

話しかけるとおじさんは嬉《うれ》しそうな顔をして椅子をすすめてくれた。私はほっと一息ついて座らせてもらう事にした。


「私の名前はショルトと言います。お嬢さんが市で商売をするのですか？」

ショルトさんはグレーの長い髪を肩のところで結んでいる。目の色はブラウン。私の父と同じくらいの年に見えるけど、異世界人なのでホントのところはよくわからない。

「私の名前はナナミと言います。市で私の持ってる品物を売りたいと思ってます」

苗字《みょうじ》は言わないでおいた。貴族とか思われたら困ると思ったからだ。

「どのようなものを売るのか持ってきていますか？」

やっぱり百均で買っておいて正解だった。あとはこの用意した商品が売り物になるかどうかだ。

「はい。これです」

カバンから塩と塩胡椒と砂糖とマヨネーズと飴を一つずつカウンターの上に並べた。

ショルトさんはカウンターに並べられた商品を見て驚いたように目を見張った。

「こ、これはなんですか？」

「えっと、調味料です。あっ、飴は調味料じゃないです。飴はお菓子です」

「いや、そういう事を聞いたんじゃないんですが……まあいいでしょう」

ショルトさんは瓶の塩を手にとって、

「これは塩と書いてますが、中身は本当に塩ですか？」

と当たり前の事を聞いてきた。日本語で書いてるようにしか見えないけどショルトさんが読めるって事はこちらの言語で書かれてるって事か。これなら安心して売れるね。

「そうですよ。こっちが塩胡椒です。これが砂糖で、これがマヨネーズでこれが飴です。開けて確かめてもいいですよ」

「塩胡椒というのは塩と胡椒を混ぜてるのかい？」

どうやらこの国では塩胡椒は売ってないようだ。便利なんだけどね。

「はい。私の住んでいた国ではこの調味料は各家庭に必ず一個持っているものでした」

ちょっと大げさに宣伝してみた。本当に各家庭にあったかは知らないが、私の家では重宝していた。一石二鳥だもんね。

「ほう、必ず各家庭で持っているものか。確かにこれほど便利で使いやすいものはないだろう。この横の説明に書いてある通りだと、この入れ物はこのまま直接料理に塩胡椒をかける事ができるからな。ナナミさんの住んでた国は遠い異国なのだな。この辺りではこのような入れ物は見た事がない」

ショルトさんの関心は入れ物にあるようだ。塩と胡椒はこちらでも売ってるからこの反応は当たり前なのかな。

「はい。とても遠い国です。両親と旅をしてきたのですが、途中で両親も亡くなり、今ではどこにあの国があったのかわかりません」

「この商品はまだたくさんあるのかい？」

「はい、たくさんあります。このほかにも、いろいろあります。恥ずかしい話ですが、この町に来るまでは両親が残してくれたお金でなんとかやりくりしていたのですがお金が残りわずかになったので、市でこの商品が売れないものかと思ってるんです」

ショルトさんは私の顔をじっと眺《なが》めた後、

「確かにこのあたりでは見かけない彫りの浅い顔だな。髪も目も黒いし、勇者伝説を思わせる顔立ちだ」

と失礼な事を言った。日本人は鼻が低いんだからしょうがないよね。特別に私の顔の彫りが浅いわけじゃないよ。うん。

ショルトさんは突然何も見えないところに手をやって指を動かしている。

「それってステータスですよね。ショルトさんも使えるんですか？」

「まあ、多少魔力があれば誰でも使えますよ。ナナミさんも使えるんですか」

そっか。誰でも使えるんだ。隠さないといけない事かと思ってたよ。

「はい。使えます」

「じゃあ、たくさんある商品はステータスのマジックボックスで管理してるのかい？　てっきり馬車か何かに積んでるのかと思っていたのだが……」

「そうなんです。これがなかったら、無理だったと思います。本当にたくさんあるんですよ。倉庫にしたら二、三十軒分くらいありそうです」

私が答えると周りがざわついた気がするけど気のせいだろう。

「二、三十軒ってそれはすごいね。ナナミさんの魔力はとても高いんですね」

ショルトさんはチラッと私の方を見てステータスで何かしている。魔力とマジックボックスの容量って何か関係があるのかな。聞いてみたいけど墓穴を掘ってしまう気がする。


しばらくするとショルトさんの手の上に皿に乗った熱々のお肉が出てきた。

「塩胡椒を使わせて貰いますね」

「どうぞ」

ショルトさんは塩胡椒の瓶を握り首を傾げている。どうやらふたの開け方がわからないみたい。

そこまで複雑じゃないいんだけど、私がふたを開ける事にした。

ショルトさんはじっとふたの開け方を確認している。簡単にふたを開けてショルトさんに渡すとお肉にササーっとかけていく。どこからかフォークのようなものを出してきてかぶりつく。

「美味《うま》い。これは胡椒で間違いない。塩味もする。うむ、これはいいな」

いつの間にかあれほど賑やかだった周りが静まり返っていた。周りの視線が痛い。とてもいい匂いをさせているショルトさんを見ているのだろうが、同じ位置にいるので私まで注目されているようだ。


困ったな。あんまり目立ちたくないのに。ショルトさんって変わってるのかな。

ショルトさんは肉を食べ終わると今度はマヨネーズを持って開けてくれというので開けてあげた。

「これは野菜にかけるドレッシングの一つです」

食べ方を説明すると今度は野菜を出してきた。キュウリに似た野菜だ。マヨネーズをかけて食べている。

「美味い。これは売れるぞ」


ほっとした。どうやらマヨネーズは売れるらしい。味覚は異世界人も私たちと変わらないみたいだね。一通り味見をして満足したのかショルトさんは口を拭いて紙を取り出した。

「ナナミさんはギルドカードをまだ作っていませんのでカードを作りましょう。こちらの紙に記入してください」

紙はごわごわしてるし、万年筆のようなペンはとても書きにくい。いちいちインクを付けながら書くなんて効率が悪いよ。苦労しながらなんとか記入していく。出身地はジャパンにしておいた。

ショルトさんは私が記入した紙を目を細めながら遠ざけて見ている。どうやら老眼らしい。

「眼鏡《めがね》かけないんですか？」

四十代くらいだと老眼鏡をかけたがらない人は多い。自分が年寄りになったみたいで嫌みたいだ。

「目は悪くない。遠くまで見えるから眼鏡は必要ないですよ。それに眼鏡は高価ですからね。なかなか買える人はいませんよ」

どうやらショルトさんは年寄りに見られるのが嫌で眼鏡をかけてないのではなく、この世界に老人用の眼鏡がないようだ。私はステータスで百均を呼び出した。そこから老眼鏡を三個ほど買う事にした。カバンから老眼鏡を一つ取り出してショルトさんに渡した。

「オールド眼鏡です。近くが見えにくい人が使うものですよ。試しに使ってみませんか？」

老眼鏡っていうと嫌がる人がいそうだからオールド眼鏡と呼ぶ事にしておいた。ショルトさんは眼鏡を見て戸惑ったようだがビニールから取り出してかけてくれた。ショルトさんは眼鏡がよく似合った。眼鏡をかけると理知的に見える。

「これは……すごいな。よく見える。文字がはっきりくっきり見える。このようなものまでナナミさんの国にはあるのか」

ショルトさんはとても嬉しそうだ。みんなも老眼鏡に興味があるのかわらわらと集まってきた。特に年配の女性と男性はとても興味がありそう。


「所長、そんなに見えるんですか？」

ショルトさんって所長さんだったんですね。びっくり。受付なんてしてるから平社員だと思ってたよ。

「ああ。ぼやけてた文字がはっきり見える。ところでこれは売り物ですか？」

「はい。市場で売る事は考えてなかったんですが、このオールド眼鏡もたくさん在庫があるので必要な人がいるようでしたら売っていきたいですね」

全然考えてなかったけど、欲しい人がいそうなんで頷《うなず》いておく。

「いくらですか？」

困った。値段なんて考えてなかったよ。眼鏡が高いって言ってたけど老眼鏡だし銀貨一枚くらいかな。私は人差し指を一本立ててショルトさんの反応を見る事にした。

「白金貨一枚か。そのくらいなら払えそうだ。買おう」

「え？　白金貨って何ですか？　違いますよ」

白金貨なんて知らない単語が出てきたので慌てて否定した。

「ん？　だったら金貨一枚でいいのか？　金貨十枚で白金貨一枚だから、かなり安いぞ。そんなに安くていいのか？　間違えてるんじゃないか？」

なんだかショルトさんの言葉が砕《くだ》けてきてる。なるほど金貨十枚で白金貨一枚になるのか……。でも百円の商品なんだからそんなに高く売るのもなぁ。でも銀貨一枚（千円）っていうともっと騒ぎそう。うん。ここは金貨一枚って事にしよう。

「間違えてません、金貨一枚です」

ふむと頷くとショルトさんは金貨三枚出してきて、

「三個欲しい」

と言ってきた。

え？　今買うの？　びっくりだ。私はカバンから残りの眼鏡を出して渡した。

初めて売れたのは塩でも砂糖でもなく老眼鏡だった。しかも金貨三枚も儲《もう》ける事ができた。本当は銀貨一枚で売るつもりだったんだけどね。

ショルトさんから渡された金貨はホントに金でできてるみたいにキラキラしてる。

「これがここの金貨。すごく綺麗《きれい》」

私が思わず呟くとショルトさんが驚いたようにこちらを見た。マズイ事言ったかな。

「ナナミさんは異国の人だから知らないのか。それで白金貨に驚いてたんですね。この大陸の通貨は白金貨、金貨、銀貨、銅貨、半銅貨があります。この国の通貨の単位はルピイ。五十ルピイが半銅貨一枚、百ルピイが銅貨一枚、千ルピイが銀貨一枚、一万ルピイが金貨一枚、十万ルピイが白金貨一枚です。ざっとこんなものですがわかりましたか？」

ショルトさんは本当に親切な人で、わざわざ本物の通貨を財布から出して説明してくれた。

「えっと、この大陸ではって事は通貨とかは全部同じなんですね。通貨の単位はこの国って言い換えてたから変わるんですか？」

「そうですね。国によって通貨の柄が違いますが貨幣価値は同じです。ただ通貨の単位はこの国ではルピイと言ってますが他国では違う呼び方の国もあります」

難しい事はよくわからないけど、円で数えるところをルピイで考えればいいみたいだね。これなら私でもわかりやすいよ。

「お待たせいたしました。こちらがナナミさんのギルドカードになります」

「ありがとうございます」

これで市で商品を売れるのね。なんとか生活していけそう。

「それでナナミさんは市で売りたいという事でしたが、店を持ちませんか？」

ショルトさんがとんでもない事を提案してきた。いきなり店を持つ話が出るとは思ってなかった。まさかこれも女神様特典？

「店を持つには資金がかかると思うのですが、私にはその資金がありません。市で稼ぐ事ができたらいずれは持つ事も考えていますが……」

私は無理ですよと首を振った。

「そうですね。一から店を出すにはお金がかかりますからね。でも今掘り出し物があるんですよ。この近くで雑貨屋をしていたリズさんが王都の方と結婚して王都に店を出したんです。この街の店を売る話も出たんですが、思い出が残ってるので売りたくないという事で、借りてくれる人を探してるんです。ただ条件が厳しくてなかなかあてはまる人がいなかったんですが、ナナミさんならちょうどいいと思うんですよ」

「条件ですか？」

「彼女は女手一つで商売をしてきたからできるなら女性の方に借りていただきたいという事なんですが、これがなかなか難しいんです。夫婦とか男性で店を持つ方は多いんですが女性一人で店を持つというのはまだまだあまりいません。それとあまり店の中を変えないでほしいという事なんです。飲食店だと色々変えるようになりますからね。ナナミさんが売るものだとあまり変えなくていいと思うんです。ほとんど手を入れなくても店が開けるからナナミさんもそれほど資金の心配はいりませんよ」

なるほど確かに良い話だ。良い話すぎて怖いくらいだ。とはいえこんな良い話は二度とないだろう。ここは運に任せたほうがいいのかもしれない。女神様のおかげという事もあるしね。

「初期費用はどのくらいかかりますか？」

ショルトさんはにっこり微笑んで、

「初期費用は家賃一ヶ月分の支払いだけで結構です。家賃は月に金貨十枚になります」

と言った。金貨十枚が安いのかどうかわからないが、一泊が銀貨四枚のホテルに泊まってる事から考えると安い気もする。

「そうそう言い忘れてましたが、二階が住居になっていますからアパート代もかかりません。とってもお得ですよ」

ショルトさんの悪魔のささやきに私は頭を下げる。

「よろしくお願いします」

トントン拍子で店を持つ事が決まった。商業ギルドへの加盟料は月に金貨五枚。店の規模で決まるそうだ。合計で金貨十五枚。やっていけるかな？　少し不安になってきたよ。


「店は明日案内しますね。その後よろしかったら契約しましょう。今日は以上ですが、何か聞きたい事とかありますか？」

ショルトさんはオールド眼鏡を外しながら聞いてきた。

「ないです。明日もこのくらいの時間に来てみます。ありがとうございました」

挨拶をして去ろうと横を向くとズラーッと列ができてる。何か用があるの？

「お嬢さん、そのオールド眼鏡とやらをわしらにも売ってくれないか」

一番前の列の人が頼んで来る。まさかとは思うけど、この列はオールド眼鏡を買うためのもの？

「そんなに慌てなくても、もうすぐ店を出す事になったんだ。その時でいいでしょう」

ショルトさんが口を挟んでくれた。

「何を言ってるんだ。所長さんが一番先に買ってたじゃないか。それに店を出す時に値が上がってたらどうする？」

そうだ、そうだ。と大合唱。値段上げるつもりないですよ。

「仕方ないな。ナナミさん、売る場所をこちらで作るのでお願いできますか？」

「はあ。それはいいですが……」

金貨一枚もするのにみなさん大丈夫ですか？

とりあえず百均で百個買っておく事にした。

女の人もいるようなのでフレームも変えてみる。


ショルトさんたちが用意してくれた机の上に商品（オールド眼鏡）を並べた。

色とりどりのオールド眼鏡。

三人ずつで選んで貰って売る。


「本当に良く見えるな」

男の人は何でもいいのかさっと選んで買うけど、女の人はデザインが気になるようで選ぶのに時間がかかってる。

まあ、私も時間があるからいいけどね。百円のものを一万で売ってるので何も言えないよ。


二時間ほどで完売。どうやら商業ギルドの職員の方も買ってくれたようだ。たった二時間で九十九万円の儲《もう》け。いいのかな。
まあ、これで当分はお金の心配はしなくて良いから安心だけどね。

名前：倉田ナナミ（クラタナナミ）
年齢：二十一歳
職業：学生
固有能力：生活魔法・治癒魔法・防御魔法・ユーリアナ女神様の加護
ギフト：百均
カバン：財布一・塩九瓶・塩四袋・塩胡椒九個・マヨネーズ九個・砂糖四袋・飴四袋
財布：百三十一万五千百円（金貨百三十一枚、銀貨五枚、銅貨一枚）

## （三）

商業ギルドを出ると日が落ちかけていた。オールド眼鏡を売るのは思ったより時間がかかったみたい。

まさかこんなに早く店を持てるとは思ってなかった。おまけに住む所まで。

これも女神様の加護のおかげなのかな。

臨時収入も入ったし、これで当分は家賃の心配もしないで済む。

良かった、良かった。

『ぐー』

なんの音かと思えば自分のお腹の音だった。そういえば朝食べたきりだ。早く宿に帰って夕飯を食べよう。お腹と背中がくっついちゃうよ。

「すみません」

宿への道を急いでいると声をかけられた。振り返ると私より少し高いくらいの背をした少年が立っていた。

フード付きのマントを着ているせいか、顔がはっきり見えない。髪の色は金髪だね。瞳の色はサファイア。

「何か用ですか？」

この世界に知り合いもいないし、本当に私を呼んだのだろうか？

「オールド眼鏡売ってくれませんか？」

なるほどね。オールド眼鏡目当てのお客さんだったのか。フードで顔を隠してるから強盗かと思ったよ。

「売り切れたんですよ。今度店を出すのでその時に買ってください」

商業ギルドにいたのならその時買えば良かったのに。

今になって買いに来るなんておかしな人だな。

「試験があるんで、急ぐんです。売ってください。お願いします」

相変わらずフードで顔は見えないが、頭を下げて頼む姿に育ちの良さがうかがえる。

試験？

試験とオールド眼鏡の関係がよくわからない。

でも今はそれどころじゃないの。ごめんなさい。

「話は夕飯を食べながらでもいいですか？　そこのうさぎ亭で食べるんです」

《くまのねどこ》まで鍵を取りに行った。マントの少年は黙って立っている。

よっぽどオールド眼鏡欲しいんだな。おじいさんにでもあげるのか。

でも金貨一枚もするのに買えるんだろうか。


「夕飯は肉か魚を選べます。どちらにしますか？」

うさぎ亭の店員さんは朝の人とは変わって男の人だった。耳も尻尾もないから人間のようだ。水を運んできて注文を聞く。この辺は日本とあまり変わらないようだ。

「海から遠いのに魚があるんですか？」

「干し魚を焼いたものになります」

干し魚かあ。嫌いじゃないけどここには醤油《しょうゆ》もなさそうだから無難に肉にしよう。

「肉でお願いします」

「私も肉で」

どうやら彼も食べるみたいだ。

食事が来る間に話す事にした。

「私はナナミっていいます」

これからお得意様になるかもしれないから、まずは自己紹介からだね。

「私の名前はクリス・ガーディナー」

苗字があるから貴族様かな。そこのところをショルトさんに尋ねるの忘れてたな。明日は忘れずに聞いておこう。

「ところで試験で急ぐってどういう事ですか？」

「私はヴィジャイナ学院の三年です。明日、学校で試験があるんです。年寄りみたいなこの目のおかげで試験問題を読むのに時間がかかるからいつも途中までしかできなくて、成績が悪いんです。ガーディナー家は代々宰相を出す家柄。このままでは家から放逐《ほうちく》されても仕方ない。それで冒険者になるか、店でも開くかとギルドに偵察に来てたんです」

驚きだよ。どうやら本当に貴族のお坊ちゃんだった。それも宰相の家柄とか言ってる。

宰相ってとっても偉い人だよね。お坊ちゃまは私の驚きなど気にならないらしく、どんどん話を進めていく。

「そこであなたの売るオールド眼鏡を見て、涙が出るほど嬉しかった。これで家を継ぐ事ができるかもしれない。あそこで買えば良かったんですが、お金をあまり持ってきていなかったので、家に取りに帰っている間に売り切れてしまったんです」

クリスさんは一気に話すと私が驚いているのに気付いたのか、照れたような顔で水を一口飲んだ。そういえば朝は出なかった水が貰《もら》えたんだった。私も飲む事にした。冷えてはないけどカルキの匂いのしない美味しい水だった。

「いつもなら白金貨一枚なら持ち歩いているんですが、あまり大きいお金は、店の方がお釣りに困ると従者に忠告されたため持ち合わせがなかったんです。白金貨三枚持ってきました。どうか三個売ってください」

どいつもこいつもなんで白金貨？　この世界の人はお金持ちばっかりなの？　それになんで何時《いつ》も三個なんだろう。気に入ったものは三個買う決まりでもあるのだろうか。

「オールド眼鏡の金額は白金貨ではなく金貨一枚ですよ」

私が金額を訂正すると、

「え？　金貨一枚って本当に？」

と驚いていた。どうやらクリスさんは金貨一枚と聞いたが間違いだろうと勘違いしたらしい。お坊ちゃんはこれだから困る。

「クリスさん。年寄りがなる、近くが見えない症状とあなたの目は違うと思います。この眼鏡で見えるかもしれませんが、あまりこの眼鏡を長時間使うのはおすすめできません。頭痛とか肩こりとか副作用が出るからです。それでも買いますか?」

多分クリスさんは遠視だと思う。この年齢で老眼はないでしょう。私も遠視の事はよくわからないから一応忠告しておく。あとで文句を言われても困るからだ。

「頭痛とか肩こりなら治癒魔法で治せるから大丈夫です。それに長時間使う事も控えると約束する」

クリスさんの真摯《しんし》な眼差しを見て、私はステータスから百均を呼ぶと老眼鏡三個と虫眼鏡を一個買った。

「はい。どうぞ。この虫眼鏡はおまけです」


商品を渡すと嬉しそうに受け取った。虫眼鏡を不思議そうに見て、

「虫眼鏡?」

と尋ねてくる。

「本来は小さな虫を観察するものなのですが、小さな文字が大きく見えるので使ってみてください」

「ありがとう。助かったよ」

クリスさんは白金貨一枚を出してきた。まあお釣りあるからいいけど。金貨七枚を渡した。

「本当に金貨三枚でいいんだ。眼鏡って高いのに」

いえいえ、原価百円ですから、これ以上高く売れませんよ。

お肉の料理は味が物足りなかったが美味しかった。牛肉とは明らかに違うけどいったい何のお肉なんだろう。

食事をとりながら彼の通うヴィジャイナ学院の事を聞いた。異世界の学校に興味はあったが、聞いてみると魔法の授業以外は日本とあまり変わらないようだった。

途中でクリスさんがフードを取った時、うさぎ亭にざわめきが広がったがなぜだろう？

確かに彼の金髪と青い瞳には驚いたけどね。明かりの下だと金髪が輝き、青い瞳も海のように深みが出る。私の周りには偽物《にせもの》の金髪しかいなかったからね。本物の金髪は輝きが全然違う。

彼とは目の保養のためにも、また会えるといいなと思った。

お腹もいっぱいになったし、あとはお風呂。《くまのねどこ》に帰った私は早速受付のサリアさんにお風呂について聞いてみた。

「お風呂はありますか？」

「お風呂？　お風呂は貴族様の屋敷にしかないわよ。あとはよっぽどの風呂好きの人が作ってるっ

ていう話は聞くけど、宿屋にはないわね。みんな魔法で綺麗にするから、風呂に入らなくてもいいのよ」

サリアさんが言うには、昔は宿屋にも風呂があったけど生活魔法で綺麗にできるようになったから、お風呂に入る人がいなくなったそうだ。入る人がいない事もあってお風呂は段々衰退していった。よくある話だけど風呂がなくなっていくなんて信じられないよ。

「ナナミさんは生活魔法使えますか？　使えないなら魔石屋さんで洗濯の魔石を買うといいですよ」

「洗濯の魔石で身体も髪も綺麗になるんですか？」

洗濯の魔石と聞いて驚いた。洗濯の魔石って衣服を洗うものですよね。

「魔法はイメージですから、頭の中で自分が綺麗になる事を思いながら使ったら綺麗になりますよ」

魔法はイメージが大事。サリアさんは当たり前の事のように教えてくれたが、魔法なんてないところからきた私に使えるだろうか？

部屋に帰った私はカバンをベッドの上に置くと早速試してみる事にした。

女神様のおかげで生活魔法があって良かったよ。なかったら今から魔石屋に買いに行かなければならなかった。

魔法はイメージが大事。イメージだよ。

「綺麗になーれっ！」

イメージと言われてもよくわからないので掛け声も一緒にかけてみた。なんか恥ずかしい。誰も見てないからできるけど。頭の中では私全体が綺麗になる事を思い浮かべてみる。

なんか目を瞑《つぶ》っていても淡い光に包まれたのがわかる。その光がおさまる頃には、汗ばんでいた身体がスッキリと、頭の髪もサラサラになっていた。そして着ていた服も下着も綺麗になっていた。

「うーん。とても便利だけど、やっぱりお風呂に入らないと疲れがとれない気がする」

魔法が使えた喜びよりも、やっぱりお風呂に入りたい気持ちの方が上だった。

日本人には、やっぱりお風呂だよ。いっぱい稼いで家にお風呂を取り付けたいなあ。

いろいろ考えていたらいつの間にか寝ていたみたいだ。隣の部屋からのざわめきで目が覚めた。

「うーん」

手を伸ばして背伸びをする。どうやら朝が来たようだ。ベッドから起き上がると服にしわがよってるのがわかる。

洗濯の魔法をかけるとクリーニングしたみたいに服が綺麗になった。これだとアイロンもいらない。すごく便利だ。

でもやっぱり寝間着が欲しい。服もこれだけだと困るし、あとで買い物に行こう。魔法で洗濯はできるけど、何日も同じ服は着たくないよ。

「今日はとりあえず朝ご飯食べて、商業ギルドに行こう」

カバンと鍵を取ると部屋をあとにした。


《うさぎ亭》は今日も混雑している。

今日は黒パンにしてみた。

マヨネーズをカバンから出してサラダにかけた。スープの薄味は気にしない事にした。慣れてきたら、これはこれで美味しい気がする。

黒パンは白パンより甘かったがジャムを塗って食べた。

もちろんジャムはカバンから出した。昨夜のうちにマヨネーズと一緒に百個ずつ買っておいたのだ。

うん。やっぱりイチゴジャムは美味しいね。

モグモグ食べていると兎の獣人の店員さんに、

「それ、なんですか？」

と話しかけられた。昨日初めて獣人を見た事で動揺してたからよく観察できなかったけど、改めて見ると兎の獣人さんの耳は真っ白で銀髪の髪の間からぴんと立っている。

瞳も赤いから白兎の獣人さんかな。

「え？」

「あ、すみません。ここの店員のミーザです。昨日、クリス様と一緒に来てた方ですよね」

昨夜はミーザさんが私のテーブルの担当ではなかったけど、クリスさんと一緒にいるところを見てたみたい。

「クリス様？」

「はい。ガーディナー公爵家の長子、クリス・ガーディナー様です。ガーディナー公爵家はこの辺一帯の領主になりますから、クリス様の顔を知らない人はいませんよ。時々変装して街を歩いていますが、皆さん気付いていています」

クリス様は公爵家のお坊ちゃまだったよ。お忍びもバレバレだね。

「私はナナミです。いろいろな物を売って生活する予定です。クリス様にも買っていただいたんですよ。あとこれはマヨネーズとジャムです。マヨネーズはサラダにかけて、ジャムはパンに塗って食べます」

ミーザさんの目はジャムとマヨネーズにくぎ付けになってる。

「クリス様が買われるという事は良い商品なんですね。どこで売ってるんですか？」

「まだ店は開いてませんが、今日商業ギルドから店舗を紹介してもらう事になってるので開店したら是非来てください。これは見本で差し上げます」

私はカバンからジャムとマヨネーズを出して渡した。ギルドのショルトさんみたいに開け方がわからないといけないので教えてあげる。

「ありがとうございます」

ミーザさんはとっても喜んでくれた。損して得取れ。日本のことわざにある。これで少しでも店にお客を呼べるといいね。

その後なぜかわらわらと人が集まってきたのでジャムとマヨネーズを配った。名刺代わりにと思って配ってたけど、どんどん人が増えてくるよ。朝からこんなに並んで大丈夫なのかな。

「まあ、せ、宣伝だからいいよね。損して得取れだもんね……」

結構な数の人が並んでる。どこから湧いてきたのか。

しばらく配っているとやっと終わりが見えてきた。どこの世界でも無料が好きなのは変わらないね。最後の二人は十歳くらいの男の子と女の子。マヨネーズとジャムでいいのかな。悩んでいると二人が手を出してくる。ちょうだいポーズかな。

カバンの中からマヨネーズとジャム、それから飴を出して渡す。

「これは飴だよ。この袋から出して食べるのよ。硬いから舐《な》めてね。噛んだらダメだよ」

マヨネーズやジャムのように飴の食べ方を説明した。間違えて包装ごと食べたら大変だから。

「「ありがとう」」

二人は元気よく走って帰っていった。飴の感想聞きたかったけど仕方ないかな。

私も商業ギルドに急ぐ。

時間は決めてないけどショルトさんを待たせたら悪いよね。


商業ギルドに着くとショルトさんが待っていた。

「すみません。遅くなりました」

「いえ、遅くないですよ。昨日はありがとうございました。オールド眼鏡のおかげで事務仕事が早く片付きました。では、早速店舗を見に行きましょう」

ショルトさんはとても機嫌が良いみたいでにこにこと笑ってる。


店舗は商業ギルドから歩いて五分くらいの所にあった。

人通りの多い所にある、ほかの建物と同じ切妻屋根の雰囲気の良さそうな建物だった。

両隣とも倉庫のようで店舗ではないというのも気に入った。中は白を基調とした二十畳くらいの広さでこぢんまりとしてる。

棚も備えつけられてるし、カウンターもある。このまま店が開けるね。

カウンターの奥は在庫が置ける部屋になっていた。ここも二十畳くらいありそうだ。

トイレもある。トイレの横に階段がある。

「二階に行ってみましょう」

二階に上がるとキッチンがある部屋と寝室が一つと四畳くらいの小さい部屋。寝室の部屋にはベッドやタンスも置いてある。

「このまますぐ住めそうですね」

「新婚ですからね。家具は買い換えると言って全て置いていかれました。いかがでしょうか？」

ショルトさんが笑顔で聞いてくる。

「はい。よろしくお願いします」

こんなに良い条件の店舗、断る人いないよ。

これも女神様のおかげなのかな。

「お店の看板はこちらで注文しましょうか？　値段は金貨二枚になります」

「看板なんてどこに注文したらいいか、わからなかったから助かります」

「ところで店の名前は決まってますか？」

決まってないよ。

そうか、店の名前何にしよう。

百均で買った商品だけど百円で売るわけじゃないから、百円均一って名前にはできないし、どうしよう。


「決めてないのなら、《オールド眼鏡ナナミ》はどうですか？」

「ショルトさん、オールド眼鏡だけ売るわけじゃないですよ」

「そうですね。では《マジックショップナナミ》というのはどうでしょう。不思議な品物があるのでいいと思うのですが」

「ん？　ナナミはつけなくてもいい気がします。《マジックショップネコ》でお願いします」

「猫の獣人がいるんですか？」

ショルトさんが不思議そうに尋ねてくる。

「猫の獣人がいないとつけたらダメなんですか？」

「そういうものです。ここには猫の獣人がいますよって伝えてるんです。獣人嫌いな人もいますから看板でわかるようにしてるんですよ」

そうだったのか。猫好きなのに残念。

という事は今泊まってる宿屋には熊の獣人がいるって事？

まだ出会ってないけど、ここに引っ越す前に会えるといいな。

「ではやっぱり《マジックショップナナミ》で決まりですね」

なんかわからないけど店の名前は《マジックショップナナミ》に決まった。


商業ギルドで手続きを終えると鍵を貰えたので、店舗で開店の準備をしよう。

掃除は昨日してくれたという事だったので、もう棚に品物を並べる事もできる。

看板ができるのは二日後なので開店は三日後を予定している。

家賃がかかるんだから早めに稼がないとね。

「塩と砂糖と塩胡椒とマヨネーズを売るのはこの辺りで、どのくらい置くかだよね。仕切板とかを百均で買って並べていこう」

一人だとこういう時寂しいよ。みんなで並べたら楽しいのに。アルバイト雇いたいけどまだどのくらい売れるかわからないから贅沢《ぜいたく》だよね。

オールド眼鏡の棚はカウンターの近くにした。二百ほど買って並べておいた。数を揃《そろ》えないと目立たないからね。

眼鏡クリーナーや眼鏡ケース、眼鏡を首からぶら下げられるチェーンも横に並べる。ついでに買ってくれる人が何人かいるはず。

値段はわかりやすいように棚の淵に大きくシールで貼っていく。シールには『オールド眼鏡一金貨』と大きく書く。

『眼鏡クリーナー三銅貨、眼鏡チェーン三銅貨、眼鏡ケース三銅貨』

値段は適当につけた。この世界には売ってないものだから他の店も参考にならない。かといってあんまり高いと売れないだろうし、この国の事まだ何もわかってないからとても難しい。

塩や砂糖、塩胡椒は一銀貨。ショルトさんがあんまり安くすると塩や砂糖を今売ってる人たちが困ると言われ、この値段にした。それでもやっぱり少し安いみたい。

他には飴が五銅貨。マヨネーズは五銅貨。ジャムも五銅貨。

いろいろ並べたけどまだまだ棚がガラガラだね。何が売れるかな。というか、たくさん買ったので財布の中身も気になってくる。

今朝《けさ》は百三十二万四千六百円あったけど、店舗の契約金や納税額の一月分、看板代で金貨十七枚支払って百十五万四千六百円になって、今百均から商品を買ったから（オールド眼鏡・二百個、眼鏡クリーナー・五十個、眼鏡チェーン・五十個、眼鏡ケース・五十個、塩袋入り・百個、塩瓶入り・百瓶、砂糖・百個、塩胡椒・百個、飴・百個、マヨネーズ・百個、ジャム・百個、仕切板等・三十個）百十四万三千八百円。

「在庫管理って難しい。なるべく売れ残りのないようにしないとね。あとは缶詰とかラーメンとか飲み物も売れるかも」

さらにカップ麺百個と缶詰百個、ペットボトルのジュースも百本追加した。残金は百十一万三千八百円。

「とりあえずこんなものかな」

今日は布団も買ってないから《くまのねどこ》で寝る予定。暗くなると危ないかもしれないから早めに帰る事にした。


今日店舗を見せてくれて帰る時、セ◯ムとかないから心配だなと思っていたら、ショルトさんが鍵をかけたら防御の魔法で店が守られるから心配ないと言ってくれた。

どんな魔法なのかわからないけど、きっとスゴイ魔法だね。


「そうなの~明日までなの。寂しくなるわ」

開店はまだだけど明日から自分の店舗兼自宅に住む事になるので《くまのねどこ》のサリアさんに別れの挨拶をした。

サリアさんは本当に残念そうで涙ぐんでいる。思わず私の目にも涙が浮かんできたよ。

サリアさんは若い女の子が泊まる事がほとんどないから、話し相手ができて喜んでくれてたらしい。

私もこの親切なお姉さんの事が気に入ってたので、また訪ねてくると約束した。

「サリアさん、熊の獣人さんがここに勤めてるんですか？　一度も会えなかったんですが……」

「ふふ、うちの父親よ」

「えっ？」

父親って事はサリアさんと血のつながりがあるって事だよね。でもどう見てもサリアさんは熊の獣人には見えない。

「母が人族なの。私は人族の特徴しか現れなかったの。少しだけ握力が強いのよ。でも父に容姿が似なかったのは良かったわ」

ふふふとサリアさんが笑った。

「俺がどうかしたか？」

私の後ろから声がしたので振り返ると、熊がいた。四十代くらいの大柄な熊の獣人。とても強そうだ。この人がこの《くまのねどこ》のマスターであり、サリアさんの父親だ。とても人が良さそうな容姿をしているけど確かに母親に似て良かったねと心の中で思った。

「どうも、ナナミです。今度この街で店を出す事が決まったのでよろしくお願いします。これ良かったら使ってください」

私は今度売る予定のマヨネーズと塩胡椒を渡した。

サリアさんにマヨネーズの使い方と塩胡椒も使い方を教えると、

「ありがとう。これって《うさぎ亭》で配ってたものでしょう？　どういうものかと思ってたの。嬉しいわ」

と喜んでくれた。

「ほう、これが今話題のマヨネーズか。早速、今日の夕飯に使わせてもらうよ」

サリアさんのお父さんもマヨネーズを見てご満悦だ。もっとこの宿に泊まっても良かったな。さすが優しい女神様が選んでくれただけあってとても良い宿だった。

開店まであと二日。今日は布団を買いに行って配達して貰わないといけないので朝早く布団屋に行った。

布団屋は近所にあったので直ぐ配達してくれた。

宿屋も今朝チェックアウトしたから今日からここで生活する事になる。

明日は商業ギルドで《小店舗のためのセミナー》という講義があるというので参加しようと思う。

明日は忙しくなりそうだから買い物は今日しないといけないね。

布団屋のおばちゃんによるとこの町には図書館はなく、本屋兼貸本屋が一軒だけあるそうなので今から行ってみる事にした。

「やっぱり常識がよくわからないから、本で学ぶのが一番だよね。あんまり変な事聞いて怪しまれると困るし」


本屋は商業ギルドの近くにあった。私が通る道の反対側だったから、今まで気付かなかった。

《猫の貸本屋》

どうやら猫の獣人さんがいるみたい。とっても楽しみ。

『カランカラン』

ドアを開けて入ると音が鳴った。これは私の店にも付いてるから、店舗共通の音なのかな。

どこにも鐘のようなものはついてないからきっと魔法が関係してるのだろう。これもショルトさんに聞いておこう。


カウンターには若い猫耳の女の子が座っている。カウンターの中に椅子があるのか。私もカウンターの中に椅子を置く事にしよう。

でもどうやら眠っているようで目が閉じられてる。ふふふ、やっぱり猫さんだね。

私は魔法の本を探す事にした。でもいろいろな本があって目移りする。この国の歴史も読んでみたいし、魔獣の絵本も読みたいな。地図もあったよ。

「どんな本をお探しですか？」

どうやら猫さんは起きたみたい。猫だから人の気配に敏感なのかな。

「魔法の本を探してます。できれば初心者用がいいです」

「それでしたらこちらになります」

猫さんは二冊の本を選んでくれた。中を拝見すると絵もあってとても読みやすい。紙の質は良くないけどとても丁寧に製本されてる。

「あと、この国の歴史と地図もお願いします」

猫さんは楽しそうに尻尾をゆっくりと揺らしながら後の二冊も選んで渡してくれる。

「貸し出しと買い取りがありますが、どちらにしますか？　この四冊とも奥に在庫があるので今すぐお持ち帰りできます。在庫がない場合は注文になるので五日ほどかかります」

「買い取りだといくらになりますか？」

「この本は全部で金貨三枚と銀貨六枚になります。貸し出しは一日一冊銅貨二枚です」

明後日《あさって》から開店だし、本を読む時間があるかわからないから買い取りが無難だよね。

高いけど、投資だと思えば安いものだし……。

「買い取りでお願いします」

「ありがとうございます」

奥の方から新しい本を四冊持ってきて、包んでくれた。売れたのが嬉しいのか尻尾をピンと垂直に立ててる。

「それにしてもたくさんの本ですね。ただ仕切りがないから本が抜けてるところが倒れたりして危ないですね。雪崩《なだれ》が起きそうなところもあるみたい」

日本の本屋で売ってる本と違ってこちらの本は製本があまり良くない。そのせいか本が立ちにくいようだ。グニャっとしてる本を見るとちょっと悲しい。

「フニャフニャしてる本が多いから倒れるんですよね。なるべく隙間ができないようにしてるんですけど……」


猫さんの話を聞いて閃く事があったので百均である商品を十個ほど買ってみた。

「これ使えるかどうかわからないのですが試してみてください」

私が猫さんのために選んだ商品はブックエンド。これがあれば本が倒れる事はなくなりそうだなと思ったから。使い方も教えると、

「単純なつくりなのにとても機能的ですね。これなら本が崩れないし、よれよれにならない気がす

る」

　と嬉しそうだ。

「実は明後日からこの先の店舗で店を開くんです。店の名前は《マジックショップナナミ》、こちらの商品は開店祝いだと思って使ってください。あっ、私の名前はナナミって言います」

「私の名前はベスって言います。この開店祝い使わせて貰います。これで問題が解決するようなら今度は買いに行きますね」

　ベスさんは同い年かと思ったら、まだ十五歳だった。私の年を言うと驚いてた。彼女も同い年くらいだと思っていたみたい。


　ベスさんに洋服や下着を売ってる店を教えて貰った。洗濯の魔法が使えるとはいえ、同じ服や下着を毎日着ているのは苦痛だよ。これでも女の子だからね。

　お風呂についても聞いてみた。彼女の家にもお風呂はなかった。でも大きなタライにお湯をためて入る人がいると話してくれた。お湯をためるのも排水も魔法でするので、やっぱり魔法の本で勉強しないといけないね。早くお風呂に入りたいな。

「いろいろ教えてくれてありがとう。早速買い物に行ってくるわ」

「八百屋は朝早くから開いてるから、次からは開店前に買い出しに行くといいわよ。朝の方が新鮮で掘り出し物とかもあるからね」

ベスさんは手を振りながら教えてくれた。

女神様、異世界で初めての友達ができたよ。


ベスさんが紹介してくれた服屋は少し遠かったけど、ここが一番私たちの年齢に合った服があるという事だった。

色とりどりのワンピースがある。スカートとブラウスもある。ワンピース三枚とブラウス三枚にスカートを二枚、下着も数種類買う事にした。あと寝間着になる部屋着を買った。

「コートもいかがですか？　そろそろ寒くなりますよ」

店員さんに勧められて、コートを一枚追加した。

朝方が寒いと思ったらどうやらこれから冬になるのか。どのくらい寒くなるのか不安だな。防寒についても今度ベスさんに聞いてみようと思う。


服を一通り買ったら、今度は魔石を売ってる店に行く。台所に冷蔵庫のような箱が置いてあるので、ショルトさんに聞いたら魔石をはめると冷たくなり、肉や野菜を入れて使うものだと説明してくれた。

家には魔石を使うと便利なものがいっぱいあるけど、どれも魔石を買わないと使えない。

魔石って何？　って聞きたかったけど、黙ってたよ。これ以上怪しまれるわけにはいかないから。

仕組みはわからなくても、とりあえず使えれば問題ないよね。

魔石を売ってる店に入ると、いろいろな石があり、どれがいいのかさっぱりだ。

「お客様、何かお探しですか？」

細身の四十歳くらいの男性が聞いてくる。店主さんかな。

「箱の中を冷たくする魔石と部屋を明るくする魔石とトイレの魔石をお願いします」

箱の大きさを聞かれたのでジェスチャーでこのくらいだと示した。大きさによって魔石が変わるらしい。

「フライパンやヤカンを温める魔石もお願いします」

部屋を明るくする魔石は七個買う事にした。寿命は三ヶ月くらいあるそうだ。

一年持つのもあるそうだけど値段もそれなりに高いので、庶民は三ヶ月のを買うみたい。

全部で金貨四枚。服と合わせて金貨八枚も使ったよ。新しい生活ってお金がかかるのね。

家までの帰りに八百屋や肉屋があったので買っておく。明日は忙しくなりそうなので買い置きしとくよ。

昨日の布団代が金貨一枚。財布の中身は百五万八千八百円。段々寂しくなってきた。

明後日、商品売れるといいけど……。

家に着いた時には暗くなっていた。宿屋と違って家にはまだ明かりがないので早速魔石を使ってみる事にした。

店舗の方から中に入ったので、店舗の明かりをつけてみる事にした。

魔石を入れる穴に差し込んでみるとカチっと音がした。まだ明かりはつかない。回してみると段々明るくなっていく。光量の調節もできるみたい。これなら外が明るい時は光量を調節すればいい。すごく便利。

他の部屋にも設置していく。トイレには二つ魔石をはめ込めるようになっていたので、洗浄の魔石もはめ込んだ。

冷蔵庫もどきにも氷の魔石をはめ込んだ。魔石が回せるようにはなっていないので、温度は一定のようだ。残念、冷凍庫にはならないみたい。

冷凍にできる魔石もあるのかな？　今度行った時に聞いてみないと。あったら絶対買うよ。

最後に竈《かまど》に魔石をはめ込む。魔石を回すと火がついた。ガスレンジの要領で火の調節もできるので、これからこの竈をレンジと呼ぼう。前の住人がフライパンとヤカン、鍋を置いていってくれているのでそれを使わせて貰った。本当にありがたい。

早速ヤカンで湯を沸かしてみる。

「あ、水がない」

百均でカップ麺三個とパン三個と割り箸と数種類の調味料とペットボトルのお茶、ペットボトルの水を数本、コップ、皿を数枚買った。

「とりあえずこんなものかな。足りなかったらすぐ買えるしね」

ヤカンにペットボトルのお水を入れて魔石を回して火をつけた。火力が強いのかすぐ湯が沸いた。カップ麺に湯を注ぎ五分待つ。

「なんか侘《わび》しいな。でも、だいぶお金使ったから節約しないとね」

久しぶりのカップ麺は美味しかった。

「開店の日は何か買ってくれた人にはカップ麺とか缶詰の鯖《さば》缶をつけてみるのもいいかも。どんなものかわからないと売れないだろうし。子供がいたら飴をあげよう。一袋は多いから手に握れるだけとかにして。あとお釣りも用意しとかないと」

お客さん来てくれるといいけど。まあ三ヶ月は様子を見るもんだっていうし、焦ってもしょうがないんだからゆっくりと商売していこう。

うんうん。とりあえず家賃の心配は当分しなくていいから助かるよ。

明日は商業ギルドに行かないといけないから早めに寝る事にした。


《小店舗のためのセミナー》にはまだ早かったけどショルトさんを訪ねた。

明日のためにする事がないか確認するためだ。この世界で頼れるのは今のところショルトさんだけなんだよね。

ショルトさんはギルドマスターと話してるそうで受付にはいなかった。ギルドマスターについて聞いてみると商業ギルドで一番偉い人の事だそうだ。ショルトさんは二番目に偉い人なんだって。所長って地位がわからなかったけどギルドで二番目に偉いってスゴイよね。

ショルトさんがいないのは約束をしてないから仕方ない事なので、しばらく待たせてもらう事にする。

いつも忙しそうだなあ。他のギルドを知らないけどいつ来ても忙しく働いていて大変だなと思う。なんか雑然としてるんだよね。なんでだろう？

しばらく観察していて気付いた。

書類が机の上に積み重なってるからだ。なんだか崩れてきそうだよね。

ユラユラ揺れてタワーみたいに高くなってるのもあるよ。整理整頓ができてない。きっと整理する暇もないほど忙しいんだね。

大変なお仕事だな～と見てると隅の方で一生懸命に書類にキリのようなもので穴を開けてる女の人がいた。あんなので開けて綺麗に開くのかな。

一度に開けようとしてキリが通らないらしく、かえって時間がかかってるみたい。要領の悪い人っているけどあれじゃあ仕事が進まないよね。あまりに変化のない光景に我慢できなくなった。

百均で買い物をしてから、目立たないように彼女のところに歩いて行く。やっぱり書類に二つ穴を開けてるようだ。この二つの穴に紐《ひも》を通して閉じてる書類が積み重なっている。

「お、お姉さん、もしかして紙に穴を開けてるんですか？」

私は怪しく見えないように笑顔で話しかける。おばさんと言いそうになってやめたのは異世界の人の年齢が見た目と一緒かどうか自信がなかったからだ。

「あなたはナナミさんですね。私はリリアナと言います。ナナミさんの言うようにこの書類に穴を開けるんですがなかなか上手くいかないんですよ。この作業は誰もやりたがらないから当番制なんです」

リリアナさんが知ってるなんて私ってもしかして有名人？　目立たない予定だったのに困ったな。

それにしても誰もやりたがらない作業って……それでいつまでたっても整理整頓ができないんだ

ね。

地味な作業だから仕方ない事かもしれないけど、このままだと仕事にも影響が出てくると思うけど。

「なかなか穴が開かないようなので、これを試しに使ってみてください。そのキリのようなものよりは綺麗に穴が開きますよ」

私がカバンから穴開けパンチを出すと不思議そうな顔で見てる。どうやら使い方がわからなくて戸惑ってるみたい。

なんか最近は商品説明ばっかりしてるような気がするよ。

「書類の中心をこの矢印に合わせてここを押すと『パチン』と音がして穴が開くんです」

説明しながら書類に穴を開けた。穴が開いた書類を見せるとお姉さんの目は丸くなってる。

「こんなに簡単に綺麗な穴が！　これなら紐もすぐ通るわ～」

お姉さんは次々に書類に穴を開けていった。楽しくてしょうがないみたい。

たくさんの書類に穴を一度に開けるのは無理だけど、キリで開けるよりは絶対に効率がいいはず。

「リリアナさん、ずるいですよ。そんなに楽しそうな事一人でやるなんて」

「そうですよ。俺たちにもやらせてください」

わらわらと人が集まってくる。穴を開けるだけだけど、いつもと違う穴開け作業に興味津々ってとこかな。

「また変わった商品だな。今度はこれを売りつける気ですか？」

ショルトさんもいつの間にか現れてとても失礼な事を言う。売りつける気かって押し売りじゃないんだからね。

「別に買ってくれなくていいですよ」

プイッと横を向くとショルトさんの笑い声が……。

「作業効率がアップする上に書類がまとまるものを買わなかったら私が部下たちに殺されるよ。他にも便利なものがあるんだったら出してくれるとありがたいよ」

どうやら売りつけるうんぬんは冗談だったらしい。

私は百均でフラットファイルやリングファイルを買う。

穴を開けたらファイルが必要だよね。

「穴を開けた書類はこのファイルに整理するといいですよ。この表紙の所と背表紙に何があるのか書いておくと探す時にも便利ですよ」

ショルトさんにフラットファイルとリングファイルを渡すと驚いている。

言ってはみたものの本当に何かが出てくるとは思ってなかったみたい。

ふふふ、百均を甘く見ちゃだめですよ。

ショルトさんが固まってるので商品の使い方を説明した。

先ほど穴を開けた書類を、とじ具のつまみを外して入れていく。そのあとにまたつまみを入れスライドして閉じる。とても簡単な作業なんだけどこの世界ではないものらしく何回か説明しなくてはならなかった。

みんながあまりに真剣な目で見てるので私も真剣に教えてあげた。

「とりあえずこの穴を開けるものを三個とフラットファイルを二百とリングファイルを二百ほど買おう。請求書を書いてくれたら支払おう。支払いは開店してからでいいですか？」

「はい、請求書も今は書けないので今度持ってきます」

私はショルトさんに頼まれた商品を百均で買ってから机の上に並べた。

「今日の当番はリリアナだから他の人は通常業務に戻る事。みんなが新しい事に興味があるのはわかるがその興味は自分の当番の日に発揮《はっき》してくれ。心配しなくても書類はいっぱいあるからな」

ブーブー言いながらもみんな解散していった。

ショルトさんに明日の事を聞くと開店する時は釣銭をたくさん用意した方がいいと言われた。開店の時は人が多く集まるし大きいお金を持ってくる人もいるそうだ。いい事を聞いたな。

《小店舗のためのセミナー》の講義は難しい話が多く、よくわからなかった。参加した人の半分は途中から眠っていた。私もうとうとしてしまった。

結局コツコツと努力する事が大切だみたいな感じで終わった。

## （四）

鳥のさえずりで目が覚めた。夜中に何度も目が覚めたので、まだ眠たい。

部屋着から、淡いブルーのワンピースに着替えた。新しい服は気持ちがいい。

昨日買ったパンをお茶で流し込む。なんかドキドキして食べ物の味がしないよ。

「少し早いけど開店しよう」

他にする事ないしね。でも、きっと暇だろうから昨日買った本も持っていく事にする。

カウンターの中には椅子があったのでそこへ座って本を読みながらお客さんを待つ事にした。

釣り銭をカウンターの下の段にとりやすいように置く。

広告も宣伝もしてないからそんなに売れないだろうけど念のためにカウンターには百均で買った電卓を置いておく。計算間違いをなくすためだ。

あと売れたものをノートにボールペンで記録する予定。

準備は万端だ。多分……。


ドアの鍵を開けると、表のドアの表示が《開店してます》に変わります。

ちなみに鍵を閉めると《閉店しました》になります。

「女神様、どうかお客様がきますように」

手を合わせて祈ってから、鍵を開ける。

『カラン、カラン』

いきなり一人目のお客さんだ。恰幅《かっぷく》のいい、おじいさんが入ってくる。

「いらっしゃいませ」

「少し早いかと思っておったが、丁度良かった。これから王都へ帰るので、早めに発《た》ちたかったのだ」

おじいさんの後ろにはお付きの人が二人立っている。護衛も兼ねているのだろう、腰に剣をさしてます。どうやらこのおじいさんは貴族様みたい。

「オールド眼鏡を百ほど買いたい」

「どのような形のものがいいですか？」

いきなり百個です。おじいさん大丈夫ですか。

「いろいろな種類のを百個用意してくれ。ん？　これはなんだ？」

「眼鏡を収納するものと、クリーナーと言って眼鏡の汚れを落とすものです」

「ふむ。これも同じ数だけ頼む。種類は任せる」

「ではこちらで適当に選びますね。奥の方から持ってきます」

カバンを持って奥の部屋に行く。百均でオールド眼鏡とクリーナー、ケースを百個ずつ注文した。袋を用意してなかったのでレジ袋をいろいろな大きさで注文した。紙袋も二十枚買っておいた。紙袋の一つにオールド眼鏡を入れて、二つ目にケースとクリーナーを入れた。三つ目に開店のプレゼントとして、マヨネーズと飴の袋を数個入れておいた。

貴族様にカップ麺はやめておいた。


「白金貨十枚と金貨六枚になります。こちらは開店の記念品です。マヨネーズは野菜にかけてお食べください」

「良い土産ができた。この町に寄って帰る事にして正解だったな」

おじいさんは気前よくお金を払って、機嫌良く帰っていった。


「ふー。いきなり貴族様なんて緊張したよ」

でも売り上げがだいぶあったから、今日はもう誰も来なくても心配ないね。ゆっくりと本を読む事にしよう。

カウンターの下にさっき買ったレジ袋を並べておいた。袋がないと困るよね。早めに気付いて良かったよ。

やっぱり本はいいな……。魔法の本を開くとインクの匂いがする。さて読もうかと思って初めの三文字を読んだところで、

『カランカラン』

ドアが開いて女の人が入ってきた。今度は二十代半ばの女の人だ。

「この間マヨネーズとかいうものをいただいたのですが、売ってますか？」

「はい、そちらの棚になります」

「良かったわ。うちの息子がこれをつけると野菜を食べてくれるの」

二つ買ってくれた。カップ麺一個、開店記念に渡した。

「お湯を入れて五分で食べられます。ありがとうございました」

みなさん朝が早いよ。まだ八時過ぎなのにもう二人もお客さんが来た。異世界の人は早起きなのかな。

二人目の女性が帰ると入れ違いに熊の獣人の四十代くらいの男性が入ってくる。彼は《くまのねどこ》のご主人だ。どうやら買い物に来てくれたんですね。

「開店おめでとうナナミさん。人がいっぱいですね。早くから来て並んでいて正解でした」

確かに開店からすぐ人が入ってきてますが、人がいっぱいというほどではないよ。

「朝早くから来てくれる人がいるとは思ってませんでしたが、人がいっぱいは大袈裟《おおげさ》ですよ」

ご主人もマヨネーズを買ってくれた。チェックアウトした時に見本を渡したのが良かったのかな。熊さんだからハチミツを百均で買って、開店記念に渡した。

「え？　知らないんですか。お店の前にすごい列ができてますよ」

「え？」

慌てて表に出るとショルトさんが立っている。その後ろには何故《なぜ》か行列が続いてる。

「こ、これはいったい、どうしたんですか？」

「いっぺんに入れると大変な事になりそうですから、制限してるんです。多分こうなると思ってましたから。これも商業ギルドの勤めなので気にしないでください。多分今日と明日がピークでしょう。次からは三人ずつ入れていきますよ。大丈夫ですか」

「はぁ。頑張ります」


どうやら本を読む暇はないかな。

考えが甘かったみたい。おそらく宣伝用に配ったジャムとマヨネーズが原因で行列ができたらしい。

私は慌ててカウンターの奥の部屋に入ると百均でマヨネーズとイチゴジャムとリンゴジャムを三百個ずつ、オールド眼鏡二百個、あと開店記念に渡す飴とカップ麺を三百個ずつ購入してすぐ出せるように棚に置いておく。

『カランカラン』

人が入ってくる音で、素早く店に戻った。その後の事はよく覚えてない。とにかく売って売って売りまくった。ほとんどの人がジャムとマヨネーズとオールド眼鏡目当てなので、店に長居はしないから回転率がいいよ。


お昼が過ぎた頃にやっと一段落《いちだんらく》ついたようで、ショルトさんと部下の人が二人入ってきた。二人の名前はブラウンの髪の男がジミーさんで水色の髪の女の人がレナさんといった。

「次は十四時から販売するって言ったから少し休めますよ」

まだ終わりじゃないのか。でも休憩が取れてよかった。

とにかく喉が渇いたので、店にあるペットボトルのお茶を開けて飲む。

「ショルトさんと部下の人もどうぞお飲みください。何がいいですか？」

三人とも恐る恐る手にしてる。ショルトさんがメロンソーダを取ると二人も同じものを取った。開け方は私がお茶を飲むのを見てたのでわかったみたい。

「これも入れ物が面白い」

ショルトさんがペットボトルを見て呟《つぶや》くと、レナさんが、

「味も変わってるし、はじけるような飲み物です。エールのようでアルコールじゃない。でもこれ

好きです」

と笑顔で褒《ほ》めてくれた。炭酸のジュースは初めてらしい。

褒めて貰えて気を良くした私はカップ麺も食べてもらう事にした。

「お昼どうですか？　開店祝いに配ってるカップ麺食べてみませんか？」

三人とも食べてみたいというので、お湯を沸かして来て店でカップ麺を作った。といってもお湯を入れただけ。割り箸では食べれそうにないので使い捨てのフォークを配った。

五分たって私が食べ始めるとショルトさんたちも見よう見まねで食べ出した。

「ズーズズー。どうですか？　私は好きなんですけど……」

「ズズー。これは、お、美味しいです。こんなに簡単にお湯を入れるだけで作れるなんて、携帯食になります。画期的ですよ。ズズー」

ショルトさんはフォークで苦労しながら食べてる。食べ方が今ひとつですが気に入ってくれたようで安心した。

「このスープの味も、濃くてなんとも贅沢な味です。ズ、ズ、ズー」

先ほどもメロンジュースのコメントしてくれたレナさんがまたもや褒めてくれる。

そういえばジミーさんはコメントがないよ。でもすごい勢いで食べているから気に入ってくれたのかな。

私は一つで十分でしたが、ショルトさんたちは物足りないようだったので焼きそばのカップ麺も作った。

お湯を入れて五分たった後、今度はお湯を捨てます。

そこにソースをかけると店にソースの匂いが漂った。食欲を刺激する匂い。

「はい、できましたよ。どうぞ、お食べください」

声をかけるとすごい勢いで食べてる。ふふふ、これならカップ麺はこの世界でもバカ売れ確実かな。

この世界でもカップ麺売れそう……なんて思って喜んでいた時もあった。これを自業自得というのかな。開店祝いで配っちゃったからなあ。午後からの列の大半はカップ麺目当ての客だった。

私たちと同じようにお昼にカップ麺を食べたみたい。五分で食べれるお手軽さが受けたのか、味が気に入ったのか。

「どちらもでしょう。五分で食べれるのもすごい事だし、塩味のきいたパンチあるスープも気に入ったのでしょう。とりあえず今並んでる人たちで今日は終わりにする事にしましょう。それでも十九時くらいまでかかりそうですけどね」

なんで考えてる事がわかったのかな。ショルトさん怖いです。

「よろしくお願いします」


ショルトさんはお客様を入れるのを一時中断してこれからどうするか話に来てくれたの。売れるのは嬉しいけど、限度がある。さすがに一人で売っているので疲れるよ。

私は百均で鯖缶と焼き鳥缶を各二百個ほど買ってカウンターの近くに置きます。

「それはなんだ？」

ショルトさんは缶詰を見て胡散臭《うさんくさ》そうな顔をしてる。変なものじゃないよ。

「鯖缶と焼き鳥の缶詰です」

「カンヅメ？」

「缶で密封して保存している食品です。味付けもしてあるし、この部分を引っ張ると開くんです。便利でしょう」

「で、まさかそれを配る気ですか？」

ショルトさんが呆れたような声で聞いてくる。

「さすがにカップ麺買ってくれた人にカップ麺を開店祝いにあげるわけにはいかないし、これなら小さいからかさばらないし……」

ショルトさんの視線にだんだん声が小さくなっていく。ショルトさんはため息をつくと、

「明日はカンヅメのためにまた人が並びますよ」

と言った。

「うっ……」

そうだった。なんで思いつかなかったのか。私は馬鹿だ。


「食べ物は却下《きゃっか》です。いいですね」

「はい」

食べ物がダメだとするとやっぱりあれかな。日本人が引っ越しとかで近所に配るあれ。

日本にいる時に贔屓《ひいき》にしてた米屋の中村商店も年末になると無料でくれた。

うすーくペラペラだったけど役に立ったよ。古くなったら雑巾になるから便利なのよね。

そうタオルならきっと喜んでくれるよね。食べ物じゃないからショルトさんの意見も取り入れてるしね。


ショルトさんは私が百均でタオルを買うのを待つ事なく、外に出て行った。タオルで大丈夫か確認したかったけど仕方ないね。食べ物じゃないから大丈夫でしょう。

『カランカラン』

お客様です。

「いらっしゃいませ」


十九時すぎにやっと最後の客が帰って行った。最後のお客さんはオールド眼鏡目当てに並んでいたみたいだけど、並んでいる時に色々聞いたらしく、マヨネーズとカップ麺とジャムも購入した。開店祝いのタオルを渡すと目を見張って、受け取ってくれた。

「これは変わった手ぬぐいですね」

「私の国では《タオル》と言います。手や顔を洗った後に拭くのに便利です。水分を吸収してくれますから」

あれ？　でも洗った後の乾燥も魔法使うのかな？　その辺がよくわからないのよね。まあ、いいか。とにかくこれが本日最後のお客さんなんだから。

「ありがとうございました」

最後のお客さんはなぜかタオルを首に巻いて帰っていった。入れ違いにショルトさんたちが入ってきた。

「今日はありがとうございました。本当に助かりました」

「仕事ですから、気にしないでください。それよりカップ麺まだありますか？　買って行きたいんですが……」

どうやら最後のお客さんはショルトさんたちになりそうだ。

ショルトさんたちはカップ麺やジュース以外にも鯖缶と焼き鳥の缶詰も買ってくれた。

お金はいらないと言ったけど、そういうわけにはいきませんと言って払っていった。律儀な人だよ。

とにかくこれでゆっくり休めるね。

本日の売り上げ
売った個数：三千五百八十四個
仕入れ値段：三十五万八千四百円
売り上げ金：四百三万二千六百円

## （五）

今日は夕飯作る予定だったけど、疲れたのでレトルトカレーを食べる事にした。

鍋にお湯を入れて沸かす。

この魔石を使ったレンジも使いやすいよね。火の調節も日本のコンロと同じような感じだし。

湯が沸騰したので、調理に十五分かかるご飯のパック（百均で買ったもの）を先に鍋に入れる。

五分たってからレトルトカレー（百均で買ったもの）を入れる。

電子レンジがあったらもっと楽できるんだけどね。


「久しぶりのカレー。百均使えてよかったよ。異世界転移って日本のものが食べれなくて、自分たちで日本のもの作っていくのが多いけど、原材料からって絶対無理だよ」

うーん。今まで深く考えてなかったけど、なんで異世界に転移しちゃったのかなぁ。やっぱり死んだのかな。確か最後の記憶って飛行機に乗って寝ちゃったんだよね。となると飛行機が落ちたの？

だったらもう日本へは帰れないのかな。勇者召喚だと最後は帰れるけど、私は勇者じゃないしここで暮らしていくしかないんだよね。だったら百均あって良かったよ。欲を言えばアマゾ◯とかの方が良かったけど……。

いつの間にか流れてた涙を拭く。カレーでホームシックになるなんて、まだまだだよ。これからもっと頑張らないと。


『ドンドン』

表で音がする。なんの音？

お店の外から音がしてるみたい。

「すみません。開けてください」

なんだ、お客さんか。防御魔法が効かないという事は怪しい人ではないのかな。

明かりをつけてからドアを開けた。

外にはこの間マヨネーズと飴をあげた少年がいた。

「オールド眼鏡を売ってください」

オールド眼鏡は金貨一枚かかる。失礼だけどこの少年はそれほど身なりがよくない。

小綺麗にはしているけど、服が擦《す》り切れそうな感じだし、ハギレで継《つ》ぎ接《は》ぎしてる部分もある。

そんな高価なもの買って大丈夫なのかな。

「貯めてたお金があるから大丈夫です」

私の視線に気付いたかのようにお金の入った袋を出してくる。

カウンターの上に袋からお金を出します。

小さいお金が多いですが数えると確かに金貨一枚分ある。

「お手伝いして貯めてたんです。怪しいお金じゃないですよ」

少年は必死に訴えてる。怪しいとかは思ってないけど、なんとなくこの少年から金貨一枚貰うのは悪いような気がする。困ったな。


その時、少年のお腹からぐーっと音がした。お腹の音だった。夕飯まだなんだ。

「カレーでも食べますか?」

「カレー?」

首を傾げて不思議そうな金色の瞳に笑いがこみ上げてきた。

やっぱりこの世界にカレーは存在しないのね。

少年よ、君が異世界人で初めてカレーを食べるんだよ。でも、子供には少し辛いかな?

カレーは一つしか作ってないので、私はまたカップ麺を食べる事にした。

「どうぞ、召し上がれ」

少年はカレーを見て戸惑っていたが、スプーンを持って食べ始めた。キャップを開けたペットボトルの水を側に置いた。

少年は二口目を食べた後、すぐ水をゴクゴク飲んでいる。

やっぱり子供には辛いかなぁ。

少年を横目で見ながら私もカップ麺を食べる。

昼間は醤油ラーメンだったから、豚骨ラーメンにした。


「辛いけど、辛いけどすっげー美味しかった」

食べ終わると暑いのか帽子をとって興奮したように喜んでいる。

帽子の下から、三角の形をしたふさふさの犬のような耳が現れる。

彼は獣人の子供だった。

耳がぴくぴく動いてて本物だとわかる。髪の色はグレーで瞳の色は金色。

耳を触ったらダメかな。


辛いけど美味しかったようで私もうれしいよ。水も結構飲んでたからお腹一杯かな。食べ終わったようなので、質問する事にした。

「少年はどうしてオールド眼鏡がいるの？」

「少年じゃなくてクリリだよ。あのね、院長先生にあげるんだ」

「院長先生？」

「センタリア孤児院の院長先生。いつも世話になってるから、お手伝いで稼いだお金で、何かプレゼントしようと思ってたんだ。目が見えにくくて困るって言ってたから、オールド眼鏡あげたら喜ぶと思うんだ」

そうか。だったら買ってもらう方がいいのかな。私があげるんじゃダメだよね。

お世話になってる先生にって、クリリすごく良い子だよ。


「みんなにも食べさせたいな」

カレーの食べ終わった後の皿を見てクリリが呟く。

「みんなって何人くらいいるの？」

「先生たちを入れたら三十人くらい」

「ふーん。だったら今度作りに行ってあげるよ。あ、でもそういうのいいのかな？」

作るとか言っても勝手にいいのかな。料理人さんに叱《しか》られるのは嫌だ。

「大丈夫だよ。たまには料理したくない時もあるって言ってるから、それにみんなこんな美味しいの食べたらビックリすると思う」

クリリが言ってるから大丈夫だよね。簡単に作れるから持って行ってあげよう。

クリリはもう帰らないと怒られると言って帰って行った。大事そうにオールド眼鏡を抱えて。

飴とマヨネーズ、タオルを数個開店祝いとして渡した。

初日最後の客だからといって、眼鏡ケースもサービスした。

今度からラッピングもできるようにしたいね。プレゼントとか、またあるかもしれないし。

「このマヨネーズで野菜食べると、美味しいからすぐなくなったんだよね。人数多いから助かるよ。

あと、カレー待ってるから。絶対だよ」

「店が休みの日に絶対行くから、待っててね」

クリリとも友達になれるといいな。

友達になったら、あの耳に触ってみたい。触らせてくれるよね。

こうして、開店初日は終わった。なんか濃い一日だった。

## （六）

びっくりした。この私が久しぶりに驚いた。

最近はギルドカード目当ての新人の客をあしらうために所長の私が受付についている。

ほとんどの常連はその事を知っているので私の受付に並ぶ事はない。


またかと思った。十五歳くらいの娘さんが声をかけてきた時そう思った。市で売りたいと言うのはギルドカードを作るための言い訳だと思った。

それでギルドカードを作る手続きをしないで、商品を出して貰ったのだ。ろくなものがなければお帰りいただこうと思っていた。

身分証代わりにするのなら冒険者ギルドでカードを作って貰えばいい。

そんな気でいた自分をあざ笑うかのように、彼女は次々と変わった品物をカバンから出してきたのだ。


まず塩胡椒が入っている入れ物に驚いた。こんな入れ物は今まで見た事がない。

そう、マヨネーズとかいうものも変わった入れ物に入っていた。この少女が出すものは非日常的なものばかりだった。入れ物はともかく味が本物かどうかが大事だと思い、ステータスを使いアイテムボックスから調理された肉を出した。

ステータスを使えるのはこのギルドでは三人くらいだ。魔力がかなり必要になるため、持てる人が少ないのだ。

そのステータスを自分も持っていると少女は軽く言う。

しかも倉庫三十軒分は荷物が入るとか……あまりの事に周りの視線が変わった。

正直私も驚いた。いったいどれだけの魔力があるのか想像もつかない。

黒髪の人は魔力量が多いという言い伝えがあるが本当の事なんだろうか。

はじめに肉に塩胡椒をかけてみた。確かに本物の胡椒と塩の味だった。

負けた。何故かそう思った。

そしてマヨネーズ……これは初めての味だった。

これはやばい。クセになる味だ。

いったいこの少女は何者なんだ。

だが一番の驚きはその後に出してきたオールド眼鏡だ。最近どうも近くの文字が見えにくくて困っていた。

年を取ると見えにくくなると聞いていたが、これほど見えにくくなるとは思っていなかった。

商業ギルドは書類作成が多い職場だ。このままでは退職も考えなくてはいけなくなる。

「眼鏡かけないんですか？」

変な事を聞くと思った。眼鏡は遠くが見えない人がかけるものだ。それにとても高価なものだ。

俺がそう言うと彼女は首を傾げた後、

「オールド眼鏡です。近くが見えにくい人が使うものですよ。試しに使ってみませんか？」

とカバンから眼鏡を出してきた。

フレームが何で作られてるのか、とても柔軟にできている。


眼鏡をかけると顔が痛くなると聞いた事があるがこれなら大丈夫そうだ。

言われるままに眼鏡をかけてみた。

「これは……すごいな。よく見える。文字がはっきりくっきり見える」

感動した。

これほど見えるようになるとは。

欲しい、この時は商業ギルドの所長ではなかった。

一人の客として切実にこの眼鏡が欲しいと思った。だが値段が気になる。

これほどのものだ。しかもオールド眼鏡はどこにもない新しいものだ。

天井知らずの値段になるだろう。

だが彼女は金貨一枚で良いと言う。世間知らずだと思いながらも、値段が上がったらいけないので三個手に入れた。

職権乱用と言われるかもしれないが、オールド眼鏡の前ではそんなものは糞食《くそ》らえだ。このオールド眼鏡はこの世界に革命を起こすだろう。

市でモノを売ると言ってたが、このままではよその国に行く事も考えられると思い、店舗を借りて店を開く事を勧めた。

彼女……ナナミさんの商品なら確実に売れると確信が持てるから、ギルドマスターに相談する事すら時間が惜しかった。

ナナミさんが帰った後、ギルドマスターに話すと、

「ショルトがそこまで入れ込むなんて珍しいな。だが確かに見た事のない品ばかりだ。これは大変な事になるかもしれない。開店の日は手伝いに行った方がいいだろう」

「はい。そのつもりです。ただどんな商品を売ってるかはまだ知られてないので、開店の日はそれほど人が集まらないかもしれませんね」

「うむ。そうだな。本格的に売れ出すのは街の人間や王都の人に知られてからだろう」

私たちの考えが甘い事は開店の時に明らかになる。

店舗を見せるとナナミさんはとても喜んでくれた。お金が足りなかったら商業ギルドローンの話もしようと思っていたが、オールド眼鏡がたくさん売れたから二、三ケ月売れなかったとしても大丈夫だなと思った。


《マジックショップナナミ》の開店の前日、商業ギルドで大変な事が起きた。

これにもナナミさんが関わっていた。

というか、ナナミさんがいなければこの革命のような事は起こらなかっただろう。

商業ギルドのというか、この世界の事務はとても大変だ。現在は紙があるから大分《だいぶ》ましになったと言われているが、この紙をまとめるのが実に厄介な事なのだ。キリで穴を開けて紐で閉じる。

そのまとめたものは本棚に並べていくのだが、あとで欲しい資料を探すのがこれまた大変でやっと見つけてその資料を抜くとヘニョヘニョの他の資料が雪崩のように倒れてきて……。

とにかくまとめるのも大変だが、探すのが実に厄介なのだ。

それをいとも簡単に解決したのがナナミさんの出してきた穴開けパンチと、フラットファイルとリングファイルだ。

これによってどれほどの時間が短縮されるだろう。

ナナミさんは気付いてないがこの事が知れ渡れば、この事務用品だけで左うちわで暮らしていけそうだ。だが私もギルドマスターもこの事をナナミさんに言うつもりはない。

そのうち気付くかもしれないが今は店を開店して貰い、商売の楽しさを知って貰いたいのだ。

開店初日は大変だった。俺たちには内緒でナナミさんは宣伝をしていた。

それも普通誰もやらない事だ。無料でこれから売る商品を配ったそうだ。いまだかつてそんな事をした人はいない。

試食のように商品の一部を食べてもらうというのはあるが、売る商品をまるまるあげる馬鹿はいない。


「損して得とれだよ」

ナナミさんは何でもないようにこう言った。損して得とれ？　確かに成功したがこんなやり方は誰にも勧められない。

店には見た事のない商品がいっぱいだったが、穴開けパンチやフラットファイルは置いてなかった。何故だろう。

きっとナナミさんには私が思い浮かばない何かとてつもない考えがあるのだろう。

開店祝いと言ってカップ麺という商品をまた無料であげて、昼から行列が倍になっていた。

次はカンヅメを開店祝いにしようとしていたので食べ物は禁止と言うと不服そうな顔をしていたが、そんな事をすれば毎日行列ができるではないか。

従業員がいないのにどうするつもりなのか。

お昼に食べさせて貰ったカップ麺やジュースは家族への土産として、カンヅメは今後の研究のために買って帰る事にした。結局、酒のつまみとしてカンヅメはあっという間になくなってしまった。

これからナナミさんがどんなものを売っていくのか楽しみではあるが、これだけ売れてくるとやっかみや強盗の心配もしなくてはならない。

ギルドマスターに相談して領主様に早急に会わなくてはならないだろう。

ここの警備隊だけで彼女を守る事ができるだろうか？

どこかに強い冒険者でもいないものか。あまり好きではないが冒険者ギルドにも相談した方がいいかもしれないな。

# 【第三章】 勇者様が来店

## （一）

何がいけなかったんだろう。うん。やっぱりあれだ。うん。私は悪くない。うん。これは絶対あれだよ。

「ショルトさんが悪い」

「私は悪くない」

ん？　言葉が重なったよ。

「何言ってるんですか。ショルトさんが悪いですよ。食べるもの以外って言うからです」

開店二日目。

私とショルトさんは店の前にできている昨日よりも多い行列に店の中で頭を抱えていた。

そう、私はショルトさんの忠告通り食べ物ではない《タオル》にしたんだから悪くないですよ。

「確かに食べ物じゃなかったけどな、あんなのは反則って言うんだ。私も貰って帰っただろ？　そしたら嫁に二十枚頼まれたよ。こんな便利なものはないってな。水分を吸収するのがいいそうだ。色も選べるしな」

なんか初めの頃と別人のように言葉使いが悪くなったショルトさん。まあ、肩が凝らないほうが付き合いやすいからいいけどね。

「タオルは売るつもりなかったんだけど、そういう訳にもいきませんね」

せっかくタオルを買うために並んでいる人がいるのだから、売りませんとは言いにくい。

「あたりまえだ。嫁に私が怒られる」

そこなんですか？　怖い怖いと呟くショルトさんは無視して、タオルをいろいろ選んでから棚に並べていった。

ついでにハンドタオルも置いていく。


「この小さいのはなんだ？」

「ハンカチがわりに使えるものです。値段も大きいのと小さいので変えて売ろうかと思ってます。普通サイズのは四銅貨でハンカチタイプは三銅貨でどうでしょう」

「安くないか？」

「そんなものですよ」

原価百円なんですからこんなものです。赤字にならなければいいと思います。

「うーん。しばらくしたら落ち着きますかね。本読む暇もないのは困るんですけど」

「人雇ったらどうだ？　ナナミはもっと常識を学んだほうがいい」

ショルトさんがさりげなく失礼な事言ってる。

「誰か探しといてやるよ。が、とりあえず今日は一人で売るしかないな」

「はい。頑張ってタオル売ります」


開店から一週間、やっと落ち着いてきた。といっても本を読んでる暇はまだない。

ショルトさんたちも昨日から来てない。

雇える人探してくれるって言ってたけど、どうなったのかな？

できれば年齢が近く話し相手になる人がいいな。

明日は定休日だからゆっくり休めそう。でも昼ご飯作りに孤児院に行く予定があったなぁ。

「ナナミさん、明日カレー作りに来てくれるの？」

今朝、クリリが聞きにきた。明日が定休日って人から聞いたらしい。

「大丈夫だよ。でも孤児院の場所がわからないから迎えに来てね」

「うん。九時くらいに迎えに来るよ。みんな楽しみにしてるんだ」

あんまり期待されてもね。レトルトカレーだから、そこまで美味しくないよ。本物のカレーを知ってる私には今ひとつなんだよね。


「この鯖缶ってなんなの？」

騎士みたいな格好をした男の人が首を傾げて聞いてきます。

「魚を味付けして保存できるように缶に詰めたものです」

「へえ。保存食か。どのくらい持つんだ？」

「缶詰にすると三年は大丈夫です。十年でも大丈夫ですが、味は多少変わってきますね。まあ、美味しく食べたい人は一年以内に食べてください」

「すごい技術だな。一年でもすごいのに三年、十年とは……。買うから食べてみてもいいか？」

「どうぞどうぞ」

缶詰の開け方を教えながら、開けてあげた。

使い捨てのフォークも渡した。

もう少し客足が落ち着いたら、試食を並べようかなと考えてて、フォークはそのために店に用意してた。役に立って良かった。

「これは！　すごすぎる。魚の生臭さがとれて、まろやかな仕上がり、それに味付けまでしてある。同じ保存食なのに塩漬けされた魚とは比べ物にならないくらい美味しい……」

なんだか自分が褒められてるみたいに嬉しいよ。

「こちらの焼き鳥はサービスするのでこちらも食べてみてください。」

焼き鳥の缶詰も勧める事にした。

「おおー。これも格別。今まで食べた事のない味だ。これは王都に帰るのにいい土産ができたぞ。カップ麺とか言うのを土産にと思ってきたのだがこれもいけるな」

騎士さんは結局、鯖缶二十個、焼き鳥缶二十個、カップ麺二十個、ジュース十本、飴十袋、タオル二十枚、オールド眼鏡二個、マヨネーズ十個とたくさん買ってくれた。

「またこの街を通る時に寄らせて貰おう」

「ありがとうございます。是非またお越しください」

ここは王都に近いから土産にと買われる人が多いよね。

通り道になるから閉店は一応十八時。人が並んでた時は遅くなってたけど、今は時間が来たら閉めてる。あと二時間で閉店。明日の休みのためにも頑張らないとね。

閉店後、今日の夕飯は焼き鳥丼作ろうと思い、準備を始める。

《材料（一人分）》

ご飯（百均の商品）　一パック
焼き鳥の缶詰　一缶（百均の商品）
卵　一個（市場で買った。なんの卵？）
ねぎ　十㎝分（市場で買ったもの。ねぎ売ってたよ）
醤油　少々（百均の商品）
水　大さじ三

一、フライパンに焼き鳥缶の中身全部を入れて火をつける。焼き鳥が煮立ってきたら、ねぎ（切ったもの）・醤油・水を入れ軽く混ぜる。ご飯は沸騰したお湯で十五分温める。

二、ねぎがしんなりしたら、溶き卵を流し入れる。

三、卵に火が通ったら丼（百均の商品）にご飯を入れて、その上にのせて完成。

超簡単な手抜き料理。忙しい時はこれに限るね。

味付けもほとんど何もしてないのに焼き鳥缶のおかげでとても美味しくできた。

お米が食べれて良かったよ。丼って手軽にできるしお腹もいっぱいになるからいいよね。

次は蒲焼丼作ってもいいな。


焼き鳥丼を食べ終わったので、明日の準備をする事にした。

「明日ってカレーだけでいいのかなぁ」

カレーだけじゃあちょっとさびしいよね。

「じゃがいもみたいな野菜あったからポテトサラダ作ってもいいよね。行く時市場に寄ろう」

この間行った市場にはたくさんの野菜や果物が売ってた。

日本でも見られる、ねぎやじゃがいもに似た野菜もあったけど、なんなのか見当もつかない野菜や果物も多かった。

明日行った時はどんな料理に使えるかクリリに聞いてみよう。

百均でカレー（甘口）とご飯三十個ずつ買って、ポテトサラダ用にソーセージとマヨネーズも買っておく。

飴とジュースはお土産にしよう。タオルとかも便利かもしれないから、買っておこう。

さあ、明日の準備は万端。クリリに喜んで貰おう。

友達できるといいな。まだ、知り合いも少ないから、たくさん欲しいよ。頑張るぞ〜。


「わー。やっぱり、これ、じゃがいもに似てる」

私はこの間見た野菜を手にとって匂いも嗅《か》いでみる。やっぱりじゃがいもだね。

「それはポテポテっていう野菜だよ。何に使うの？」

クリリが教えてくれる。

ポテポテって名前まで似てる。絶対じゃがいもだね。

「カレーだけじゃ寂しいからポテトサラダ作ろうと思ってるの。あとは玉ねぎ欲しいな」

「タマネギ？　タマネギならあるよ。ほらこれの事でしょう？」

「色が微妙だけど確かに玉ねぎだね」

「昔は違う名前だったけど、二代目の勇者様がこれはタマネギだって言って、それからタマネギになったんだって」

勇者様ってすごい。野菜の名前まで変えちゃうんだ。

「ねえ、勇者様ってやっぱり黒髪なの？」

「当たり前だよ。黒髪に黒い瞳。着てる服も黒が多いって聞いたよ。何時も腰に聖剣を下げてるらしいよ」

クリリってば今も勇者様がいるように話してくれる。

勇者伝説って子供にも浸透してるんだね。

玉ねぎとポテポテとコッコウ鳥の卵（鶏の卵と味も形も変わらない卵）は今日使う以外にも役に立ちそうなので、たくさん買った。

孤児院は街から少し離れたところにあった。隣が神殿だって話だけどとても遠い。これで隣って言われてもね。でも確かに城壁が途切れてるのが見える。この辺りは神殿の結界に守られてるんだね。孤児院も神殿の一部と数えられているようだ。

院長先生はとても優しそうな方で安心した。

「今日はカレーを作ってくれるとかで、ありがとうございます」

「いえ、たいしたものではありませんが。喜んでくれたら嬉しいです」

「この辺りは結界で守られてる事は聞いてますか？」

「はい。魔物が入ってくる事はないと聞いてます」

「そうなんですが、境界があいまいなので気を付けてください。子供たちは時々薬草を取りに行く事もあるのですが、みんな結界があるところまでだと知ってます。ナナミさんはまだよく知らないと思うので林の方へは行かないようにしてくださいね」

魔物とか怖いから木のある方には行かないようにしよう。


台所に来た私は、早速ポテポテの皮剥《む》きから始めた。

百均で買ったピーラーで簡単に剥き剥き。

人数が多いからたくさん剥かないといけないね。

「何してるの？」

クリリが聞いてくる。クリリの周りにいる女の人も不思議そうな顔をして私の手元を見てる。

「ポテポテの皮を剥いてるんだよ」

「そんなの見てたらわかるよ。それなんなの？」

「ふふふーん。ピーラーと言って野菜の皮が早く剥けるんだよ。やってみる？」

「「「やりたいです」」」

ありゃ、クリリ以外にもやりたい人がいるんだね。どうやら職員の人だったみたい。

一個では足りないので百均で三個ピーラーを買って渡した。

「これ、すごーく早く剥けて楽しい」

「本当。便利ね～。欲しいわ」

とても好評です。たくさんあるポテポテもすぐ剥けそう。

その間にタマネギをスライスして、ソーセージも切っておく。

茹《ゆ》であがったポテポテをボウルに入れてつぶし、タマネギ、ソーセージと切ったゆで卵も入れます。

塩胡椒をパラパラっと振って、マヨネーズを大量に入れる。あとは混ぜるだけ。

「クリリ味見して」

スプーンでひと匙《さじ》すくって、クリリに食べてもらう。

「美味しい。こんなサラダ食べた事ないよ」

じーっと見ている職員の人にも味見して貰った。

いつもは彼女たちが、食事を作っているそうだ。

「美味しいわ。これなら簡単に作れるし子供たちも喜んで食べてくれるわ」

「でも予算が足りないです。マヨネーズが高そうですよ」

うーん。孤児院って寄付を受け付けてるよね。っていうか、きっと寄付で成り立ってる気がする。国とか領主様から予算が出てるのかなあ。

だったらマヨネーズくらいなら私でも寄付できるよ。

「今日はお近付きのしるしにいっぱいお土産持ってきたんですよ。その中にマヨネーズも入ってるので、是非またポテポテサラダ作ってください。マヨネーズは生野菜のサラダにかけても美味しいですよ。あ、このピーラーも置いていくので使ってくださいね」

職員の人はマヨネーズにも喜んでくれたが、ピーラーが一番嬉しかったみたいです。跳んで喜んでくれた。

カレーはお湯に入れるだけでできるので、少し早いけどお昼ご飯にする事にした。

下は三歳から上は十三歳までの二十三人の子供たちが大きなテーブルについてる。配膳は皆さんにお任せした。私のもあったので一緒に食べる事にした。

飲み水は大量に用意して貰った。

「辛い。でも美味《うま》い」

「これポテポテなの？　すごく美味しい」

「もぐもぐ」

皆さんの反応が嬉しい。どうやら好評だったので安心した。

さすがに小さな子供たちにはハヤシライスに変更したよ。クリリがそっちも食べたそうに見ているのが笑えた。

帰る前にお土産を院長先生に渡したらとても喜んでくれた。作り方はずっと見ていた職員の人がわかるだろうから、カレーとご飯も追加した。

《お土産》

カレー　九十個
ご飯　百八十個
ハヤシライス　九十個
ジュース　九十本
飴　三十袋
マヨネーズ　四十個
塩胡椒　十個

ソーセージ　三十本

百均でカレーのルウも売ってるみたいだから、次はレトルトじゃないカレー作ってもいいな。やっぱり、レトルトだと具が少ないから味気無いよね。

次あるよね。

誘われるよね。

忘れた頃にやってくる。それは本当に唐突だった。

孤児院から帰った私は、明日の準備のために店で商品を並べていた。

品数はそれほどないけど、カップ麺の種類を増やしたり、カレーも明日から売るつもりで並べていた。

カレー売るならご飯も一緒に並べないとね～と百均で注文した瞬間、

『ピロリーン』

聞いた事のない音が頭の中にこだました。

「これって、もしかしたらアレかなぁ」

すっかり忘れてたけどレベル上がるって言ってたような気がする。
レベルの数字が出てないから忘れてたよ。きっとレベルが上がった音だ。
百均の画面を閉じてステータスを見る。

名前：倉田ナナミ（クラタナナミ）
年齢：二十一歳
職業：マジックショップナナミのオーナー
固有能力：生活魔法二・治癒魔法二・防御魔法二・ユーリアナ女神様の加護
ギフト：百均
カバン：財布一
財布：千四十五万六千四百円

〝レベルが上がりました〟

【百均の商品をたくさん買ったのでレベルが上がりました】
一、魔法のレベルが上がりました。

## 二、百均で売ってる百五十円の商品が百五十円で買えるようになりました。

あっ、学生って文字が消えてる。

オーナーってなんか恥ずかしいな。

あれ？　魔法あんまり使ってないのに魔法のレベルも上がってる。

百均の商品買うだけで魔法のレベルまで上がるの？　わー。財布の中身もすごい事になってる。

これってほとんどオールド眼鏡のおかげだよね。

オールド眼鏡は高いから、他の商品は売れても、そんなに売り上げ上がらないもんね。


ん？　ん？　何よこれ……。


「しょぼい」

思わず呟いた。

百均で売ってる百五十円の商品が買えるようになりましたって……レベル上がってもやっぱり……百均の商品だけなのね～。アマゾ〇とかにはならないのか……。残念。

「うーん。百五十円の商品って何があるのかなぁ。あっタオルの生地が厚いのがある。……傘も買えるのか。この世界で傘って売れるかな？　雨降った時どうなのか見てからだね。売れそうだったら売る事にしよう」

しょぼいとかいって悪かったかも。丁度タオル売れてる時だからこの商品も売ってみよう。

同じ値段だと前のが売れなくなるから、七銅貨にした。

もっともっと買って、レベルが上がればいずれアマゾ○になるのか……。それとも百均の高い商品で終わるのか？　後者なんだろうなぁ。

うーん。頑張って売ろう。魔法もレベル上がったんだし、いっぱい百均の商品買ってレベル上げていこう。

「よし、明日からも頑張って売るぞ〜」

「いらしゃいませ」

「ナナミさん、何か手伝う事ある？」

お客さんではなくクリリだった。クリリが商品を並べてくれるようになってとても助かってる。

お駄賃は《マジックショップナナミ》で売ってる商品。

クリリは遠慮してるのかあまり高い商品は選ばない。ほとんどの品は同じ値段（百円）なんだから遠慮はいらないんだけどね。

「今日はこれとこれを並べてくれる？」

「ちゃんぽん？　これもカップ麺なの？」

「そうだよ。とっても美味しいよ。カップ麺じゃない海鮮ちゃんぽんを一度食べさせたいなあ～」

「ふーん。今日はこれにする」

今日のお駄賃はちゃんぽんでいいみたい。安上がりだけど、さすがにそういう訳にもいかないから、ジュースと飴をおまけに渡す事にしよう。

商品を並べて貰ってる間にお客さんの質問にも答えてくれて本当に大助かりだった。

クリリは商品を並べる時にその商品の説明や食べ方も読んでるみたいで、受け答えが私よりよっぽどスムーズなんだよね。

一度クリリに全部覚えてるのか聞いたら、一度読んだり見た事は忘れないよと言われた。きっと頭の作りが違うんだね～。

「今日はたくさん手伝ってくれたから、ちゃんぽん三つとジュース三本と飴玉を三袋ね」

クリリに約束のものを渡した。

「わーい、ありがとう」

「また手伝いに来てね～」

「うん、絶対に来るよ。みんなも会いたいって言ってるから、また孤児院にも遊びに来てね～」

売るだけでも大変だからクリリの存在は本当にありがたい。

それにこの世界の事少しずつ教えてくれるんだよね。

クリリとしては異国から来た私にこの街の事教えてるだけだと思うけど、私にとってはとてもありがたい事だ。

クリリがここで働いてくれたらいいのになあ。やっぱりまだ子供だからダメなのかな。今度ショルトさんに聞いてみよう。


『カランコロン』

「いらっしゃいませ」

先ほどカップ麺を買って帰った男の人が戻ってきたようだ。商品を抱えて困ったように頭をかく。

「どうかしましたか？」

「いつまでたってもラーメンにならないんだけど……」

抱えてるラーメンを見ると、かやくも入ってるし粉末スープも入ってる。でもこれって……。

「お湯入れてないですよね」

「え？　お湯入れるの？　そうかあ、お湯入れたらよかったんだ。知人が食べてるの見て食べようと思ったんだけど全然できないからどうしようかと思ったよ」

字が読めないのかな、この人。

ふたの上にも熱湯五分って書いてるし、横には作り方の説明が詳しく書いてある。この国は識字率が悪いのかもしれない。子供のクリリが読めてるから気付かなかったけど結構読めない人いるのかも。これからは売る時に作り方わかりますかって聞いた方がいいね。

「私の方も説明不足ですみません」

「いえ、助かりました。また買いに来ますね」

『カランコロン』

「いらっしゃいませ」

今度はショルトさんが部下のリリアナさんを連れて入ってきた。

「こないだ見てたがそのペンを売ってほしい」

カウンターの上にあるボールペンを見てショルトさんが言う。

ポスレジとかないから売ったものをノートにボールペンで記入している。それを開店の時に見たんだね。

「これはボールペンというものです。先の方がボールのようになってるんですよ」

ショルトさんは私の説明には興味がないようで黒のボールペンを何度も書いてどのくらい書けるか確かめている。赤のボールペンも気に入ったようだ。二色ボールペンを渡すとこれまた不思議そうに何度もカチャカチャしてる。

リリアナさんは何をしに来たのかな。

「リリアナさんも何かお探しですか？」

文具のところでウロウロしてるリリアナさんに声をかけた。

「しおりのようなものがないかと思って……」

しおりはないなあ。

「本に挟みたいんですか？」

「いえ、そういうわけではないんです。資料の整理ができてとても便利になったのですが、あとで読もうと思ってたところがわからなくなったりするので、しおりがないかなと思ったんです」

なるほど。そういう事ならあれがいいよね。

「それだったらこれはいかがですか？」

まだ店では売ってなかったので、百均で買ってからリリアナさんに渡した。

「付箋《ふせん》というものです。しおり代わりにもなるし、ここに字が書けるので便利でしょ。いらなくなったら剥《は》がすのもこんなに簡単。剥がしたところが汚れる事もないので、私の国ではとても流行《はや》ってるんです。学生なんてこれを使って勉強してる子もとても多いですよ」

百均で付箋を買おうとしたら種類が多くて困った。とりあえずメモ帳型のものから小さいものまで、色は青とピンクと黄色にしたよ。

付箋にはショルトさんも興味があるのかリリアナさんと一緒に付けたり剥がしたりしてる。

「これは便利だな。これも買っていこう。あとこの間の請求書だがあれはなんだ」

「何か変でしたか？」

請求書も複写式のを百均で買ってそれに書いたんだけど。異世界では違う書き方をするのかな。

「いやとてもよくできていた。まさかあれも売ってるのか？」

「まあ、ここには出してないけど売る事はできますよ。納品書とかいろいろありますよ」

どうやら間違った書き方をしてたわけではないらしい。私が店にある自分の請求書を見せると、

「これはなんだ？」

と聞いてくるので複写式というのを教えてあげた。

「これだと控えもあって間違いが起こらないでしょ」

「なるほどこれは素晴らしい。この納品書と請求書も五冊ずつ買おう。これをいろいろなところで紹介するから、在庫を切らさないように」

「はい。ノートの隣に売り場を作っておきますね」

付箋も売れそうだから一緒に並べてもいいね。

ショルトさんとリリアナさんはそれからもいろいろと買ってくれて、帰る時は両手いっぱいの荷物を抱えていた。

（二）

『カラン、カラン』

ドアが開いて数人入ってくる。

「寒くなったね～」

「もう冬が来るよ。やだなぁ」

どうやら外は寒いようだ。

早いもので開店してから二十日たった。その間に二回休みがあったけど、ショルトさんが言ってた従業員はまだいないので忙しい毎日を送ってる。

そうそう、この間の休みにまた魔石を買いに行った。今度は部屋の温度を調節する魔石。

本屋のベスさんが昨日買い物に来てくれた時、寒くなってきたから準備したほうがいいですよって勧めてくれたの。そんな便利なものがあったとは……。

いたるところに魔石を埋める穴はあるんだけど、まだまだ使い方がわかってない。本を買ったのに全然読めないし……。

という事で、この店も温度調節ができるようになった。部屋の方にもつけたので冬が来ても大丈夫だよ。結構な値段だったけど寒いのは苦手なので必要経費だよね。凍死とか怖いし。

「カレーください」

カレーの方も順調に売れてる。孤児院で働いてる人から聞いたらしく、口コミで広がっているようだ。残念ながらカレーのルウはまだあまり売れてない。作り方はポップを貼ったりしてるけど、お湯につけるだけの手軽さもあってレトルトカレーとご飯ばかり売れてるのよね。

「カレーはこちらの棚になり……」

案内していた言葉が詰まってしまった。カレーの棚の前で男の人がカレーとご飯を持って泣いてる。へ、変な人だ。二十代前半くらいの男性がポロポロと涙を流している。ここはスルーしよう。関わり合いにはなりたくないし、この男からは厄介ごとの匂いがプンプンする。

私は平和に暮らしたい。冒険とかは求めてないよ。

「こちらになります。たくさん売れてますよ」

質問してきた人も、関わり合いたくないみたいで、サッとカレーとご飯を取るとカウンターに来た。

「ありがとうございました」

来る人来る人、訝《いぶか》しげな目で大泣きしている男を見るけど、誰も声をかけない。

ずーっと泣いている。もうそろそろ閉店の時間なので困った。

最後の客が帰り、さすがに声をかけようとした時、

「あの……これって日本の商品ですよね」

男が声をかけてきた。目が赤くなっていて怖い。ん？　今、日本って言った？

「あなたも召喚されて来たんですか？　でも俺だって着の身着のままで鞄一つしか持ってこれなかったのに。これだけの商品どうやって……」

男は首を傾げてる。間違いない。クリリが言ってた黒髪に黒目だよ。それに召喚って言ってたし。

うん。絶対そうだ。この男は勇者様だ。

私はとりあえず店を閉める事にした。他のお客さんがいると聞きにくいからね。


はい、閉めたよ。これでゆっくり話せる。

「もしかして勇者様ですか？」

思い切って聞いてみた。

「ああ。三代目だけどな」

おおー。やっぱり勇者様だったよ。いるんだね～勇者って。

「あれ、でも魔王退治は？　っていうか魔王っているの？　えー」

まさか魔王がいるとか、全く思ってなかった私は軽くパニックを起こした。勇者様は右往左往し出した私に、

「もう倒したから大丈夫だよ」

と言った。

「そうですか。よかったです。魔王とかいたら絶対生き残れないです。私の魔法しょぼいし。ん？でもなんでここにいるんですか？」

「え？」

「魔王倒したら日本に帰れるんじゃないですか？」

私が尋ねると勇者様は、ふーっとため息をついた。

「そうだよね。普通そう思うよね。俺だってそう思って頑張って魔王を倒したのに、実際は帰れなかったんだよ。あとで聞いてみれば、歴代の勇者様も帰れた人はいないって……」

そうなのか。勇者様でも帰れないのか。っていう事は、私はなおさら帰れないよね。なんか泣きたくなってきたよ。

もしかしたら勇者様が帰れるんだったら自分だっていつかはって少しだけ、そう本当に少しだけ思ってたんだけど……。帰れないのか。

勇者様の話を聞いてがっくしきている私に、

「で、君は何者なの？」

と勇者様は尋ねてくる。何者って言われても称号とかないし、ただの一般人だよね。

「倉田ナナミって言います。同じ日本人みたいだから言うけど女神様に連れてこられたんです。この世界の人にはまだ異世界から来たって事は話してないです」

「君は女神様に連れてこられたんだ。俺とは違うね。あ、俺は海堂建《カイドウタケル》。タケルって呼んでくれ」

そうか。君もって事は私以外にも異世界から来てるんだ。じゃあ、話しても大丈夫だったのかな。

警戒して隠してたけど。

「でもたいていは、国で保護するっていう名の下に監視されてるよ」

何？　それ、怖いよ。やっぱり言わなくて正解ね。

「女神様からチート能力貰ってるから各国が欲しがるんだよ。そうなると誘拐とかされちゃうから
ね。君も保護された方が幸せかもしれないよ」

うーん。でも自由がないっていうのは嫌だな。それに私にはチート能力ないし、ないってわかっ
たら何されるか……権力者って怖いよ。何してももみ消せる人たちだからね。

「大丈夫ですよ。今のところ誰にもばれてないですから。それに私には大したチート能力ないし
……」

「これだけの商品出せるって十分大したチート能力だと思うよ。これって何なの？」

よくぞ聞いてくれました。ふふふん。心持ち胸をはって自慢した。

「私、百均で買い物できるんです」

「は？」

「だから百均の商品だけ買えるんです」

勇者様は微妙な顔で私を見る。ドヤ顔した私が恥ずかしい。さっきは百均の商品抱えて泣いてたくせに……なんて言わない。言いたいけど。確かに微妙な能力だけどね。

「あ、それでカレーがクク○カレーとかボ○カレーじゃないのか。カップ麺も有名なのがなんで置いてないのかって思ったんだよ」

なんか一人で納得してる。私は彼が持っていたカレーとご飯を棚に戻す事にした。こんな奴に百均の商品は売れないね。

「わー。なんで戻すんだよ。買うから。それ食べるから」

棚に戻しただけで慌ててる。百均を馬鹿にするからだよ。

「いえ。ボ○カレーが食べたいのでしたら無理して買わなくて結構ですよ。勇者様が買ってくれなくても十分売れてますから」

「百均サイコーです。すごいです百均。ナナミ様お願いします。売ってください」

手を合わせて拝んでる。このままでは土下座もしそうな勢いだよ。仕方ないね。許してあげる事にした。勇者様に土下座はさせられない。

「ここで食べるんですか?」

「ああ、皿も持ってるから大丈夫。すぐ用意できる。あー、夢にまで見たカレーだよ。米に似た商品はあるけどカレーはどこ探してもなかったんだよ」

テキパキと皿を並べてる。でもお湯の用意ができてないよ。

「お湯を沸かしましょうか?」

「魔法使うからいいよ」

「そんな魔法あるんですか?」

カップ麺に魔法でお湯を入れる事はできそうですが、ご飯は七分から十五分程度沸騰してるお湯につけておかなければできない。どうするのかな?

勇者様は初めにご飯を二つ持って何か念じた。

それだけ。たったそれだけで、ほっかほっかのご飯ができてる。大きな皿に移したご飯は湯気が出てる。

次も同じようにカレーを二つ持って念じる。湯気のたったカレーがご飯の上にかけられる。

「今のどうやったんですか? 勇者ってこんな事もできるんですか?」

「これは勇者だからできるんじゃないよ。文明機器に慣れた日本人だからできる事かな。電子レンジは電波を使って水分のある食品を発熱させるんだ。電波ってマイクロ波の事なんだけど、これをあてて水分子を振動させて温度を上げさせるんだよ」

さっぱりわからない。勇者様はきっと理系だね。私は文系だから無理そう。

「今日は食べるのに忙しいから無理だけど、今度教えてあげるよ。きっとナナミならできると思うよ」

いやいや、マイクロ波とか無理だよ。聞くだけで頭痛くなってきたもん。

それよりいきなり呼び捨てってどうなのかな。でも勇者様の方が年上かな？

勇者様は首をブンブン振ってる私を見る事なくガツガツとカレーを貪《むさぼ》っている。

私は今カップ麺を食べてる。このカウンターで食べるのも慣れたものだ。最近は椅子を増やしたので勇者様にも椅子に座って食べてもらってる。

試食したがる人がいるので、立って食べてもらうのもアレなんで用意したの。でも大抵すぐ帰ってくれるんだけどね。この勇者様、全然帰る様子がないので困ったものだ。カレー二人前食べて帰るのかと思っていたら今度はカップ麺だ。

私もお腹が空いてきたので一緒に食べる事にした。お湯は勇者様に用意してもらった。

「なあ、俺、百均ってあんまり行った事ないんだけど、百均ってアレ置いてないのか？」

「アレじゃわかりません。でも百均って文房具も安いのに行った事あんまりないんですか？　安くて良いものも多いですよ」

私なんて子供のころから親に連れられて行ってたのに。慣れてるからってアルバイトも百均にしたくらいだよ。

「うーん。文房具は東急◯ンズで買ってる」

ふーん。まあ、東急◯ンズの方が物がいいもんね。うん、百均バカにしてるとかは思わないよ。

「わー。なんでカップ麺下げるんだよ。別に百均馬鹿にしてないから、ただ利用してなかっただけだから」

慌ててカップ麺を取り返して食べてる。

「で、アレって何の事ですか？」

「味噌とか醤油とかだよ。俺、旅しながら探してるんだけど、なかなか同じものがないんだ」

「わざわざ味噌と醤油のために旅をしてたんですか？」

私には初めから百均があったから勇者様のこの行動は理解できない。この世界で旅をするって命がけじゃないのかな。ああ、そういえば勇者様は勇者だからそうでもないのか。

「俺の前にいた勇者や地球から連れてこられた人が、あちこち散らばってるから、どこかにないかと思ったんだけど米だって似たようなもので同じものはなかったよ。みんな着の身着のまま連れてこられてるから作れなかったんだと思う。味噌にしても醤油にしても大豆から作ってるのは知ってるけど、どうやって作るのか知ってるやつなんていないだろう？」

「そうですね。本とかだと異世界行って、イロイロ発明したりするけど現実は難しいですよね。でも大豆があるんだったら作り方知ってるから味噌は作れますよ」

「え？」

「うちの家、味噌は手作りだったんです。だから作り方なら知ってますよ。でもそんな面倒な事しなくても、百均には味噌ありますよ。それにインスタントの味噌汁もあるからすぐ食べられます。豆腐はないけど、醤油もあります」

私はステータスからいろいろ注文してテーブルに並べた。

インスタント味噌汁
味噌（白味噌）
醤油
ソース
お好みソース
炊き込みご飯

私が並べる品物に勇者様は目を見開いて眺《なが》めてる。探し求めてたものが手に入って嬉しいのかな。

「これは店に並べないの？」

「少しずつ売るつもりなんです。目立ちたくないですから」

「もう十分目立ってるよ。俺がこの街に来たのもこの国の王都でマヨネーズ見たからだよ。売って欲しかったけど全力で嫌がられたから、売ってる場所聞いて、訪ねてきたんだ。まさかマヨネーズ以外にこんなに収穫があるなんて本当に来てよかったよ」

大袈裟な人だなぁ。たまたま、マヨネーズ持ってる人に出会っただけだと思うけどね。

「だいたいスペース空きすぎだよ。もっと置いた方がいいよ」

確かに空いてるスペースは多い。そう言われるとガラガラしてるような気がしてくる。

それからは勇者様に言われるままに棚に商品を並べていった。インスタントの味噌汁の横にカップスープを並べると、

「そんなものまで百均には置いてあるのか」

と横で呟く。

ご飯の横に炊き込みご飯、チキンライスを並べれば、

「オムライスが食べられる」

と喜んでいる。手伝うでもなく横にいるだけ。はっきりいって邪魔だよね。私の視線に気付いたのか、

「また来るよ」

と言って大量に商品を購入して帰っていった。

私はといえば遅くまで棚を埋めていく作業に追われた。疲れる一日だった。


「家を買おうと思うんだ」

勇者タケルは何を思ったのか突然そんな事を言い出した。

タケルと出会って二週間くらいたっている。その間一日も欠かさずに日本の商品を買いに来てる。いつまた旅に出るのか気になってたんだけど、まさかここに定住するつもりだったとは……。

「家ってそんなに簡単に買うものじゃないですよ。ここに永住する気？」

「ナナミ次第かな」

サラっとすごい事言ってくれる。

「ナナミショップ次第って言ってよね。人に聞かれたら誤解されるよ」

「誰もいないから大丈夫だよ」

もう閉店してるからね。タケルとはなんだかんだでいつも閉店してから話してる。日本の事とかは微妙な話だから迂闊《うかつ》に人がいるところで話せないからね。

年齢を聞いたら私の方が一歳年上だと判明した。それからは敬語で話すのをやめた。タケルの方が敬語を使うべきだって言ったけどスルーされた。

でも最近は慣れてきたのか、お客様に商品説明してくれたりとか商品出しとか手伝ってくれる。

いつも無料で手伝って貰ってるので、今日はオムライスを賄《まかな》いで出してあげた。二階のキッチンでチキンライスに卵巻くだけだけどね。二階で作ってる間に明日の準備の商品を棚に並べて貰った。

ポテトサラダとオムライスにコーンスープが賄いメニューです。今日は私の分も作ったので一緒にいただいてるよ。

「家買わなくてもアパートとか借りたら？」

「うーん。それだと風呂作れないでしょ。風呂作りたいんだよね」

「風呂！　やっぱり風呂欲しいよね。でも貴族の人くらいしか持ってないって聞いたよ。高くて庶民には手が出ないって」

「値段の問題じゃないよ。食生活潤《うるお》ってきたから、今度は風呂だよ。魔法で綺麗にできても風呂につかりたいでしょ？　日本人ならわかるはずだよ」

「わかるよ〜。私も欲しい。でも貴族の風呂って日本のと同じなの？」

「王宮にいる時入った事があるが大体は同じだった。多分、俺の前の勇者たちの誰かが広めたんじゃないかな。魔法で洗浄できる前は宿屋にもあったらしいから、作り方は問題ないだろう。ただこの街に作れる人がいないから王都から来てもらう事になりそうだな」

「やっぱり風呂作るのって大変なんだね」

「ここって借りてるんだろ？　勝手に風呂とか作ってもいいのか？」

そうだった。タライで即席風呂を作るのと違って大工事になるのだから、許可がいるよね。

「明日ショルトさんに聞いてみる」

「俺も明日家を売ってないか聞いてみるよ。風呂の注文はそれからだな」

どうやら家を買うのは決定してるみたいだね。

「そういえば着の身着のままここに召喚されたって言ってたけど、何も持ってこれなかったの？」

私なんか着てるものもこの世界のだったから本当に何もだけどね。タケルは服は着てたみたいだからどうなんだろう。

「高校生の時だったから、学生鞄は持ってたよ。ちょうど家に帰る途中だったんだ」

「学生鞄だったら、中身は教科書？」

「そう役に立たないだろ？　他には財布とスマホ。スマホも充電切れたから使い物にならないよ。

あっそうだ。充電器って、百均でないの？」

「さすがに充電器は百円ではないよ」

「そうだよな。電波ないから使い道あんまりないんだけど、写真とか入ってるからな」

スマホ持ってこれていいなって思ったけど、電波ないし使い道ないよね。しかも充電切れてたら全く使えない。かわいそうだけど宝の持ち腐れってやつだね。でも写真は見たいよね。なんとかしてあげたいけど、百均じゃ無理だよ。

「充電器も持ってたんだけど、乾電池も無くなったから……」

「え？　乾電池式の充電器なの？　それ今持ってる？」

「ああ。使えないけど手放せなくて」

タケルはそう言うとスマホと充電器をテーブルに置いた。

「乾電池なら百均にあるよ。安いからそれほど強力じゃないけど、少しは充電できると思うよ」

充電器を見ると単三を四個使うものだった。百均で単三の乾電池、二個百円を六個買った。

乾電池を入れてスマホにつなぐと無事充電ランプがついた。

「え？　ホントに充電できてる」

「そうだね。この乾電池入れるとこが壊れたら使えないから、気をつけて使った方がいいよ。この部分ってここで作るのって無理なのかな？　この部分だけなら作れそうな気がするけど……」

「どうだろう。乾電池がないから無理だと思ってたからなぁ。今度研究してみるよ」

やっぱり理系男子だね。自分で研究するって言ってる。

あれ？　何してるの？　写真見るんじゃないの？

はーぁ。結局ゲームがしたかったのかあ。

## （三）

俺は勇者タケル。三年前にこの世界に召喚されて魔王退治に付き合った。この世界に愛着もなかったし付き合う義理もなかったが、魔王倒したら日本へ帰還できると信じて戦った。結果は魔王退治はできたが帰還する事は叶《かな》わなかった。

ただひたすら日本へ帰る事が目的だった俺は、イルディア国（俺を召喚した国）の英雄になったが喜びはなく第三王女の婿にと望まれたがお断りした。だって第三王女ってまだ十歳なんだよ。こんなの受けたらロリコンだよ。褒美《ほうび》として爵位と土地を貰ったが、そこは領主代理が上手く経営しているから俺の出番はなかった。時々転移を利用して書類にサインだけしに帰っている。

転移はとても便利な魔法だが一度行ったところのある場所……しかも印を残しておかなければ行く事ができない。そんなわけで俺の旅はこの二年間、徒歩と馬車を乗り継いで時には船に乗ってと結構大変だったのだ。決して転移を繰り返して楽していたわけではない。

まず初めは歴代の勇者たちが暮らしていた国から回っていった。きっと何か美味しいものが、日本で食べたようなものがあると信じて。

結果はかんばしくなかった。似たようなものは存在したが同じものではなかった。原材料が手に入らないのだから無理もない。二年間旅をしたが結局日本で食べたものと同じものは存在しないんだなと結論付けた。

領地に帰って嫁でも貰って暮らすか。そんな事を考えながら味の薄い野菜スープを飲んでいた時、前の席の男が野菜にかけているものが視界に入った。

あれは、あの入れ物はマヨネーズじゃないのか？　マヨネーズを本体ごと持っている人がいる事に驚いた。気付けばその男の腕を掴《つか》んでいた。

「何するんだよ」

突然腕を掴まれた男はすごんでくる。だが俺はそんな事にかまってはいられないくらい動揺していた。

「これマヨネーズですよね。どこで手に入れたんですか？」

その時の俺は相当ピリピリしてたと思う。魔力が溢《あふ》れ出ていたようにも思う。すごんでいた男は急におどおどしだした。

「ど、何処《どこ》ってデルファニア国ガーディナー公爵領のガイアって街だよ。ここから二日くらいかけて行く街さ。行く間に二つ村がある。欲しいなら早めに行ったほうがいい。すごく売れているから売り切れるんじゃないかな」

男に売ってくれと言ったが、ブルブル震えながらも売ってくれなかった。

「なんて名前の店なんだ？」

「マジックショップナナミだったと思う。まあ行けばわかるさ。行列ができてるからな」

ナナミ？　日本でよく聞く名前だ。日本人なのか？

俺は夜遅かったがその日のうちに行くべきか悩んだ。だがどう急いでも徒歩じゃあ明日馬車に抜かれるだろう。朝まで興奮して全く眠れなかった。

ガイアの街についたのは十八時近かった。馬車から降りると皆宿屋に急ぐ。俺も馬車で聞いた評判のいい《くまのねどこ》に走った。早く宿を決めて《マジックショップナナミ》に行きたかったのだ。《くまのねどこ》で《マジックショップナナミ》の場所を聞くと丁寧に教えてくれた。

そして、俺は日本に帰れないとわかった時にも流さなかった涙を、不覚にもカレーを見て流してしまった。それまで我慢していたものがこみ上げてきたのだ。

この世界に来たのはまだ十五歳の時だった。あれから五年。いろいろな事があった。魔物を初めて剣で倒した時の手に残る感触。死と隣り合わせだった魔王退治の旅。生きて帰れてからも毒を盛られそうになった事もある。上位鑑定を持ってなかったら死んでいただろう。

その事もあって旅に出る事にしたのだ。あの王様が悪いわけではないけど英雄と騒がれる俺を邪魔に思う人たちが、あの国には多くいた。要するに逃げ出したのだ。老獪《ろうかい》な貴族たちに若い俺が敵《かな》わないのは当たり前の事だった。

今なら少しはわかる。貴族たちも俺が怖かったのだろう。魔王を倒した俺が本気になったら国を乗っ取る事も容易なのだから……。

涙を流し続ける俺に誰も話しかけてはこなかった。

ただ周りが静かになった時、横に店主が立ったのがわかった。

「これって日本の商品ですよね」

聞くまでもない事だが聞いていた。何から話していいかわからなかったのだ。


ナナミは日本人だった。あとで聞いて驚いたが二十一歳だった。絶対年下だと思ったのにな。ため口で話してたのにいきなり敬語で話せるわけもなく、いまだにため口で通してる。初めは文句を言っていたがO型なのだろう、最近は忘れているようだ。

二十一歳とはいえ突然異世界に連れてこられて、それでも頑張って店まで開いている。すごい事だと思う。

この《マジックショップナナミ》で売ってる商品は百均限定らしい。

俺はあまり百均に行った事がない。二回だけ行った事はあるが買いたい商品がなかった。これはナナミには言えない。言ったら商品を売ってくれなくなる気がするからだ。

味噌汁まである。それに醤油も。百均をバカにしてた自分を殴ってやりたい。百均万歳だ。

……ナナミはチートじゃないですとか言ってるが十分チートだと思う。でも大丈夫かなぁ。こんなに儲かってるし強盗とか変な奴に目をつけられたりしたら大変だぞ。

これは目を光らせておいたほうがいいな。俺の食生活はナナミにかかっているのだからな……。

## （四）

「試験の方はどうだった？」

　アンドリュー・ガーディナー公爵は息子であるクリスに声をかけた。部屋には二人しかいない。公爵邸の執務室である。テーブルには紅茶と焼き菓子が置いてある。

「まだ結果は出てませんが、全部埋める事ができたので上位に食い込めると思います。これもオールド眼鏡のおかげです」

　クリスは飲んでいた紅茶を置くとホッとしたように答えた。返事を聞いた父親も満足そうに頷く。

「それは良かった。これで嫡子《ちゃくし》問題も起きないだろう。それにしても不思議だ。この時期にちょうどクリスを助けてくれる者が現れるとは……。これは女神様の神託と関係あるのか」

「神託ですか？」

「うむ。お前が生まれた時、巫女姫《みこひめ》様から神託を授かった。巫女姫様とお前の母親は仲が良かったからな。お前を連れて神殿に行った時に神託があったらしい」

　クリスには初めて聞く話である。クリスの母親は幼い時に亡くなっている。それもあって後ろ盾《だて》の少ないクリスの立場は弱かった。

継母であるリリアはクリスをいじめるという事はなかったが、やはり自分の子に後を継がせたいと思っているせいでクリスとは距離を置いている。

「詳しくは聞いてないのだが、この子が困った時、一人の少女が異世界から現れる。彼女が助けてくれるだろう。とかそういう内容だった。おそらくもっと詳しい事をセリアは聞いていたのだろうが……あの頃は忙しくて、神託などと真に受けなかった私は話半分に聞いていた」

セリアとはクリスの母親の名前だ。

「異世界からですか？　確かにナナミさんという少女はこの辺りの顔ではなかったですが、異国人と言うのならともかく異世界からというのは……異世界から現れる人は勇者様だけだと思ってました」

「確かに勇者様はこちらが召喚して異世界から来て貰っているから有名だが、ごく稀《まれ》に女神様が異世界から連れてこられる事があるそうだ。その者たちは不思議な力を持っているらしい」

「確かにナナミさんの店の商品は不思議なものばかりです」

でもそれだけで異世界人と言えるのだろうか？

「ただあまり記録が残っていない。女神様からあたえられた力で何か発明したり、治癒魔法の力で難病に苦しんでいた人たちを助けたという伝承が残っているくらいだ。異世界から来た人は、迫害されたくないという思いから、異世界人である事を隠しているために知られている事が少ないのだろう」

クリスはナナミの事を思い出していた。確かに変わっていたように思える。

「では無理に聞き出そうとすると……」

「そう、無理矢理な事をするとどこか違う国に行くかもしれない。ここは見守るのがいいだろう。異世界人は女神様からの贈り物だから、害はない。そっと見守っていこう。商業ギルドのショルトからも手紙が来た。変わった商品をいくらでも持っているナナミさんという少女が現れた。公爵様が言われていた異世界人ではないかとな」

ショルトというのは公爵家で草《スパイ》の役割をしている男だ。公爵家には草が何人かいる。アンドリユーはその者たちに異世界から来たと思われる者を見かけたら、気付かれないように保護するように言っている。

ショルトの手紙によれば、異世界人の事は聞いてはいたが本気にしてなかったため気付くのに遅れてしまった。クリスが接触したと聞き、初めて異世界人ではないかと思うようになったようだ。

クリスが接触したのは偶然だったが、ショルトはさすが公爵様のご子息ですと勘違いしている。

「ナナミさんの売ってくれたオールド眼鏡は確かに珍しいものです。異世界から来た人というのはあり得る話です」

「ショルトは異世界人と気付く前から店を持つ事を勧めていたから、怪しまれる事なく領地に留め置く事ができたようだ。店は繁盛しているという事だ。そろそろ偵察に行って貰ったトーマスが帰ってくるだろう」

「私もトーマスに会いたいです」

恩人でもあるナナミさんの店の話を聞きたいとクリスは申し出た。

「そういうだろうと思ってた。トーマスが来るまで、紅茶でも飲んでいよう。学校の話でも聞かせてくれ」


「トーマスです。入ります」

執事のヤンに案内されたトーマスが入ってくる。

トーマスは袋に入った荷物をたくさん持っていた。アンドリュー公爵はヤンを部屋から退出させると早速その荷物についてトーマスに聞いた。

「それは全部マジックショップナナミで買ったものか？」

「はい。珍しいものを選んで買ってきました」

トーマスは袋をテーブルに置くと勧められるままに椅子に座って話し出した。

「正直驚きました。オールド眼鏡の噂は聞いておりましたが、他の商品も負けておりません。見た事も食べた事もない商品ばかりです。飴はこの国にもありますが、この国のと違っていろいろな味があります。この国では飴はまだ庶民には出回ってません」

「砂糖がまだまだ高価だからな。飴にはたくさん砂糖を使うから、作っても庶民には高くて買えないだろう」

アンドリューは自分でさえまだそれほど食べた事がない飴を思って言う。

「その高価な飴が一袋五銅貨で売ってるのです。それも色々な味があります」

トーマスはそれだけ言うと袋の中から取り出した袋を開けて見せた。

「これが飴なのか？　私が知ってる飴は棒が刺さっていたが……」

「一個が一口サイズになっているのです。この袋を開けると飴が入ってます」

アンドリューとクリスは袋を開けて、飴を食べてみる。

「甘い！　うん、これは飴です。前に食べたのと同じ味がします」

「うむ。飴に間違いないな。それも極上の味がする。これが五銅貨で売っているとは……」

トーマスは飴に驚いてる二人を見て、

「まだまだこれからですよ。驚くのは早いです」

と次の商品を出しながら言った。

トーマスはたくさんの商品を出していった。どれもこれも初めて見るものばかりだ。

「このカップ麺すごく美味しかったです。お湯を入れて五分待つだけでこれだけ美味しいものが食べられるなんて。今まで冒険者たちが食べてた保存食の干した肉とかもう食べたくなくなると思いますよ」

クリスがラーメンを指して言う。

「このカンヅメも馬鹿にならんぞ。これも戦《いくさ》の保存食に使える。カップ麺とカンヅメ。これは国王に報告せねば」

「タオルも今までにない品です。ジュースにマヨネーズ、驚くばかりです。どうです。凄《すご》いでしょう」

トーマスは自分の事のように自慢する。

「父上。これほどの商品を売るとなれば、狙われるという事はないでしょうか？　女一人の店だと危ないのでは……」

クリスが心配そうに聞く。

「それについてはショルトに任せておる」

アンドリューもそれが一番心配な事だと思った。女神様の申し子に何かあれば大変な事になる。しかもその娘はクリスを助けてくれた恩人でもある。これからもクリスに関係してくる事も考えられる。気にしすぎるという事はないだろう。

「トーマス、帰ったばかりだがもう一度行って貰いたい。今度はナナミさんの護衛がどうなってるか確認してきてくれ」

「はい。了解です」

「父上。行くのは明日からでしょう。だったら僕も付いて行っていいですか？　ナナミさんにはオールド眼鏡のお礼が言いたいです」

アンドリューはふっと笑って、

「いいだろう。一緒に行くといい」

と言った。

アンドリューはこれから会いに行かなければならない王になんと報告するべきか、考える事はたくさんあった。

# 【第四章】　ナナミ、魔物を倒す？

## （一）

『カランコロン』

「いらしゃいませ」

「どうも、この間はありがとうございました」

　なんとこの街の領主の息子であるクリス・ガーディナー様だった。まさかまた会えるとは思ってなかった。しかもお礼まで言われるとは。

「いえ、こちらこそお買い上げありがとうございました」

　クリス様ってお貴族様だけど腰が低いね。今日の彼はいつものようにフードで頭を隠している。とはいうもののこの間と違ってフードつきの服も一目で高価なものだとわかる。

「噂では聞いてますが本当に見た事のない商品ばかりですね。これは鏡……このような形のものは見た事ないな。ん？　これはペンですか？」

「ボールペンですよ。インクにつけなくていいから便利ですよ」

「この紙の束は？」

「ノートっていって植物で作られた紙を束ねたものです。私の住んでるところの学生はこれを使って勉強してます」

「植物で紙を作るんですか？」

そう、この世界はまだ紙が作られてからそんなにたっていないと言っていた。タケルが言うには羊皮紙《ようひし》が一般的に使われているらしい。一般的にって事は違うのもあるって事だよね。でもクリス様は知らないみたいだから国によって秘匿《ひとく》されてる部分もあるのかもしれないね。

「そうです。昔は羊皮紙を使っていたんですが、今では植物で作る紙の方がこのように使いやすい事もあって羊皮紙は見かけませんね」

「ナナミさんは植物の紙の作り方を知ってますか？」

「残念ながらそういう専門的な事は知らないです」

「そうでしょうね。どこでも秘匿する事です」

クリス様は何冊かノートを選んだ。そしてショルトさんと一緒でボールペンが気に入ったようだ。紙に何度も試し書きしてる。彼は学生と言っていたのでついでに鉛筆を勧める事にした。ノートに鉛筆で書いて消しゴムで消すと、とても驚いた。鉛筆は十二本で一銀貨。消しゴムは五銅貨。鉛筆削りも五銅貨。

「実はショルトさんに便利な物があると聞いて事務用品を買いに来たんですが、ここには彼に聞いた物以外にも欲しいものがたくさんありますね」

何から買うべきか悩むなあと首を傾げてる。そんなに悩まなくても欲しいものは全部買ってくれていいんだけどね。それとも予算とかあるのかな。

クリス様は紙をまとめる事ができるフラットファイルや付箋、穴を開けるのに便利な穴開けパンチ、鉛筆に鉛筆削り、消しゴム、二色ボールペン、ノートとたくさん買ってくれた。

「試しにこれだけ買って帰りますが、フラットファイルはまだまだ買う事になりそうなのでまた来ます」

「ありがとうございます。ノートとか鉛筆は学生にはとても便利だと思います。この蛍光ペンも使ってみてくださいね。蛍光ペンはこのノートで使うのに役立ちますよ。おまけなんで試しに使ってください」

蛍光ペンって結構役に立つんだよね。学生さんのお客ってクリス様が初めてだから使ってもらう事にした。学生の間で広がってくれたら嬉しいな。

「ありがとうございます。いつもおまけを貰ってますね。この間貰ったおまけの虫眼鏡はとても役に立ってます」

「オールド眼鏡はどうですか？」

「オールド眼鏡のおかげで試験も一位でした。今はフレームだけかえて度数の入ってない眼鏡と併用して使ってます」

なるほどね～。お金がないとそういう事はできないけど、オールド眼鏡を使ってるって外聞悪いから目が悪い振りをしてるのか。

学校がどんなところか聞いてると殺人事件を解決した話をしてくれた。異世界でも殺人事件ってあるんだ。当たり前の事なんだろうけど、とても驚いた。

「学校って危険なんですね」

「いえ、いつも殺人事件があるわけではないですよ。学院が創設されて以来初めての事だと聞いてます」

「学院に通えるのは貴族の方だけなんですか？」

クリリは字が読めるけど、この世界は識字率が悪いみたいだから学校も貴族様専用かなと思う。

「昔は貴族しか試験に合格できなかったと聞いてますが、それは平民が字も読めない人ばかりで試験を受ける事ができなかったからです。学院は貴族だろうが平民だろうが実力があれば合格にすると謳《うた》ってます。現在は平民も家庭教師に習ったりして試験に合格するようになったので、平民も何人かいますよ。獣人はさすがにいませんが……」

頭さえ良ければ誰でも通える学院。いくら合格すれば寮費も学費も教材も無料と言ってもそこにいくまでにお金がかかる。家庭教師が雇える平民ってあんまりいないもんね。

クリス様の話は面白かったけど日本とはあまりに違う教育方針に、やっぱりと思いながらもがっかりした。

（二）

『カランコロン』

「ありがとうございました～」

「あっタケル、いらっしゃい～」

タケルはクリス様と入れ替わりに店の中に入ってきた。

「今のってクリス・ガーディナー様か？」

「そうだよ。知ってるの？」

「ああ、一度会った事があるがフードで頭を隠してるから本人だって断定できなかった。知ってたら声をかけたんだが……」

「ふーん」

タケルって一応勇者様だから、どこかのパーティーとかで出会ったのかな。

「そうだ、タケル。私、お風呂に入れるんだよ～」

お風呂はまだできてない。時間がかかるなあ～ってしょげてたら、クリリが孤児院のお風呂に入りに来たらいいよって言ってくれた。

孤児院にお風呂があったなんて！　金持ちの家にしかないものがなんで……理由はとてもわかりやすい。孤児院では洗濯の魔石を買う余裕がなかった。そのため風呂が廃《すた》れる事なく残ってるんだって。日本でいう五右衛門《ごえもん》風呂みたいなもので、木を燃やして湯を沸かすらしい。

「ふふふ～ん」

「嬉しそうだな」

「だって久しぶりに入れるんだよ～それにね、当日はキノコ狩りもしてキノコシチュー作る予定なの。みんなで孤児院の近くの林でキノコを採って……」

「俺も行く」

私の言葉をさえぎって突然タケルも行くとか言い出した。

キノコ狩りに興味があったとは……それとも風呂に入るつもり？

「はぁ？」

「キノコシチューを食べる」

そっちか！

「だいたいナナミはキノコの種類わかるのか？　日本とは違うぞ」

キノコはキノコでしょう？　何が違うんだろう。

「毒キノコも多いし、喋《しゃべ》るキノコや笑うキノコや踊るキノコもある。大丈夫なのか？」

踊るキノコ？　笑うキノコ？　タケルは真面目な顔をしてるから本当みたい。うーん。でも孤児院のみんなも一緒だから大丈夫だよね。喋るキノコって何を喋るんだろう……。

タケルが帰って部屋に戻ると明日の事が気にかかりだした。

明日のキノコ狩りは数人の孤児院の子供たちと行く事になっている。タケルが行くという事は、途中でお腹が空いたと喚く事も考えて何かお腹に入れるものも考えておかないと……。

「何がいいかなぁ〜」

そういえば昨日のカレーの残りがまだあったよね。タケルがいっぱい食べるからってちょっと作りすぎたのよね。あれで何か作れないだろうか？　できればスプーンとかいらない……そうだ！　サンドイッチとかいいかも。でもどうせならこのカレーを何とかしたい。

「カレーでお手軽料理……そうだ！　カレーパンを作ろう」

私は早速、百均でホットケーキミックスとパン粉、めん棒を買った。

《材料》

ホットケーキミックス（百均の商品）
カレー
パン粉（百均の商品）
コッコウ鳥の卵（卵白）（市場で買ったもの）

モウモウのミルク（市場で買ったもの）
油（百均の商品）
水（百均の商品）

材料もあんまり要《い》らないし、とても簡単にできる。これならカレー好きのタケルの事だから文句を言わないだろう。

とりあえず残り物のカレーを煮詰めて煮詰めて硬くなるまで煮詰める。次にホットケーキミックスに水を入れて捏《こ》ねる。その生地を何等分かに分けて百均で買っためん棒で生地を伸ばす。それから生地の真ん中に冷まして硬くなったカレーを入れて折り、しっかりと閉じる。そしてコッコウ鳥の卵白とモウモウのミルクを合わせた物に付けてからパン粉を付ける。最後に厚手の鍋に油を入れて熱し、きつね色になるまで揚げる。

「よし！　できた！」

熱々のままの方が断然美味しいから百均で買った紙の袋に入れたらすぐアイテムカバンに入れる。

「でもいい匂い。一個くらい食べてもいいかな。でも夜に食べたら絶対に太っちゃうし」

太るのは嫌なので我慢した。良い匂いをさせてるカレーパンを沢山揚げながらも我慢した。いいもんね。明日いっぱい食べるもん。

『ウンコ〜ウンコ〜デルゾ〜デルゾ〜』

なんか下品なキノコだなあ〜。食べられまいと必死なのか？　喋るキノコは美味しいとタケルが言うので、仕方がない採るか。

『イヤ〜ン、ヤメテ〜ン、イタイ、イタイヨ〜〜』

採り終わるまでずっとうるさかった。一本採るだけでドップリ疲れたよ。でも色がすごいけど本当に毒キノコじゃないのかな。

採ったキノコは手提げ風のレジ袋に入れていく。レジがないのについついレジ袋って私が言ってたから、うちで買い物していく人はみんな、このビニールの袋の事をレジ袋と言ってる。

他にもキノコ狩りに必要な軍手や折り畳みのナイフも百均で買って、クリリや手伝ってくれる孤児院のみんなにも配った。みんなは折り畳みナイフに驚き、軍手をはめて楽しそうに自分たちのテリトリー（キノコが採れる場所は人には教えないらしい）に散って行った。

孤児院は結界で守られてるって言ってたけど、私にはどこまでが大丈夫なのかよくわからないからクリリと一緒に行動してる。タケルは幻のキノコを探すとか言っていなくなった。まあ、タケルは勇者だから結界の外に出ても危なくないからいいけどね。

「こんなにキノコがあるなんて幸せだね」

郵便はがき

170-0013

STAMP HERE

東京都豊島区東池袋3-22-17
東池袋セントラルプレイス 5F
(株)フロンティアワークス

**アリアンローズ** 編集部 行

| | | | |
|---|---|---|---|
| 〒□□□-□□□□ Tel. (　　) - | | | |
| 住所 | | | |
| 名前《ふりがな》 | | P.N.《ペンネーム》 | |
| 年齢 | a.18歳以下 b.19～22歳 c.23～29歳 d.30～34歳 e.35～39歳 f.40～44歳 g.45～49歳 h.50歳代 i.60歳以上 | ○をつけてください 男・女 | |
| 職業 | a.学生 b.会社員 c.主婦 d.自営業 e.会社役員 f.公務員 g.パート/アルバイト h.無職 i.その他 | 購入書店名 | |
| この本のタイトル | | | |
| 注意 | ★ご記入頂きました項目は、今後の販促活動および出版企画の参考のために使用させて頂きます。それら目的以外での使用は致しません。★販促活動にて、ご記入頂いたご感想などを公開する場合は、ご記入頂いたペンネームを使用し、個人を特定できない形で記載致します。こちらに同意いただける場合は、「同意する」に○をつけてください。 | ○をつけてください 同意する・しない | |

# アリアンローズ 愛読者アンケート

| | 良 | ← | 普 | → | 悪 |
|---|---|---|---|---|---|
| ●この本の満足度 | 5 | 4 | 3 | 2 | 1 |
| ●本文はどうでしたか？ | 5 | 4 | 3 | 2 | 1 |
| ●イラストはどうでしたか？ | 5 | 4 | 3 | 2 | 1 |

●ネットの原作を知っていましたか？

A.Yes　B.No

●上の質問でNoと答えた方は、何でこの本を知りましたか？

A.書店で見て　B.広告バナーを見て　C.公式HPを見て　D.友人に聞いて
E.TwitterやFacebookなどのSNSを見て
F.その他（　　　　　　　　　　　　　　　　　　　　　　）

●良く買う本を教えてください。（アリアンローズ作品、雑誌など複数回答OK）

（　　　　　　　　　　　　　　　　　　　　　　　　　　）

●この本を買った理由は何ですか？（複数回答OK）

A.ネットで原作を読んでいたから　B.著者のファンだから　C.イラストに惹かれて
D.イラストレーターのファンだから　E.好きなシリーズだから　F.帯を見て
G.あらすじを読んで　H.その他（　　　　　　　　　　　　　　）

●好きな物語の要素を下記より3つ選んでください。

A.異世界転生　B.料理・スイーツ　C.ラブコメ　D.魔法使い　E.現代
F.主人公最強・チート　G.冒険　H.王女・王族　I.女騎士　J.トリップ　K.逆ハーレム
L.兄妹・姉弟　M.貴族・側室　N.少女　O.学校・学園　P.女神・神様

●この本のご感想・編集部に対するご意見がありましたら、ご記入ください。

応募券

ご協力ありがとうございました！

私は目の前にたくさんあるキノコを見て呟いた。

キノコ狩りの一歩は森を観察する事から始まるとクリリに教えられた。でも今日はこの季節には毎日のようにキノコ狩りをしているクリリが一緒だから発生しやすい場所に案内してくれた。

キノコは菌類なので湿気の多い落ち葉のある場所を好むらしい。うん、この辺りはジメジメしてるね。

孤児院のすぐ側にこんな宝の森があったなんて知らなかったよ。赤や黄色に鮮《あざ》やかに色づいた木々。この季節は紅葉が美しい。澄んだ空気に小鳥たちのさえずり。そしてたくさんの種類のキノコたち。キノコ狩りは正解だったね。

「でも最近はキノコばっかり食べてるから飽きてきたよ」

クリリはキノコばかりが食卓にあがるから辟易《へきえき》してるらしい。でも今日はキノコシチューだから楽しみだと嬉しそうだ。

「ん？　なんか匂わない？」

私はこの季節になると嗅ぐ事のある、あの匂いに敏感だった。

「ああ、ユウダケの匂いだね。このキノコはあんまり採れないから高値で売れるんだよ」

ユウダケ？　違うよ～、これは松茸の匂いだよー。異世界にも松茸があるなんて。生きてて良かったよ。絶対採るよ～～。私は匂いに釣られてふらふらと歩いていく。

「あーダメだよ、ナナミさん。そっちは結界ないから……」

クリリが何か言ってるみたいだけど、この匂いの誘惑には抗《あらが》えないよ〜〜。クリリの注意する声を無視してふらふらと行きそうだったけど、ギリギリで立ち止まる事ができた。

松茸欲しいけど、あとでタケルに頼もう。知らない世界で現地の人の言う事に逆らっちゃダメだ。クリリには助けられてばっかりだね。


「ワ〜！　助けて〜〜！」

ん？　今の悲鳴って松茸の方向からだよね。松茸も喋るの？　と思った瞬間、クリリが駆け出していく。私には注意したのに、もしかして今の悲鳴って松茸じゃなくてクリリの知り合い？

何もできないからここは行くべきではないよね。

結界の外には出ないようにと懇《こん》々とタケルに約束させられていた私は、タケルに持たされた手紙に「助けて」とだけ書いた。手紙は封をすると消えて無くなった。魔法かな？

これで安心だよね。タケルが来てから一緒に行こう。私が行っても邪魔になるだけだろうし。

タケルが早く来ないかとイライラしながら待っていると松茸の匂いのする方向から、

「わー、ゴンラーラ！」

と叫ぶ声が。クリリの声だ。私は躊躇《ちゅうちょ》せずその方向に走った。

はっきり言って走りにくい。道はあってないような獣《けもの》道だ。でも松茸の匂いを頼りに滑りそうになりながらも走った。獣道の先には木が不自然なくらいに育ってないミステリーサークルのような場所に出た。

「クリリ、大丈夫？」

「これが大丈夫に見える？」

クリリは植物のオバケにくるくる巻きにされていた。クリリの他にも二人の子供が捕らわれている。見た事のない子供たちだけど服装からすると孤児院の子供で間違いないだろう。

何故か私はくるくる巻きにされない。植物が近付いてこないのだ。良かったけど、若い子ばっかりくるくる巻きにされてるって事は……これってもしかして私が若くないから？　ちょっと凹《へこ》むかも。

「どうしたらクリリ助かるの？」

私は初めて見る魔物にどうすればいいのか全くわからない。

「ナイフで傷つけてみて」

ナイフは持ってるけどキノコ狩りのために百均で買った折り畳みナイフだ。はっきり言って魔物相手にはおもちゃのように小さい。これだと近付かないと無理だよね。

ソロリソロリと足音を立てないようにゴンゴーラに近付いていく。涼しいはずなのに汗びっしょりだ。ナイフを持つ手も汗だくになってるのがわかる。

こわい、こわい、こわい。

ゴキブリやムカデを退治する時も怖かったけどその何百倍も怖い。ドキドキして心臓がつぶれそうだ。でもこのままじゃあ、クリリがゴンゴーラに食べられてしまう。私の方が年上なんだから助けないと。

クリリの言うように百均で買ったナイフでゴンラーラを切る。

『キューーーー』

ゴンゴーラからは変な声がでたけど、うっすらと膜のようなものが切れただけだ。退治するどころか、

「わ～苦しいよ～」

とクリリの悲鳴が……。どうやらナイフで傷つけたらクリリをくるくると巻いてるのが締まるみたい。

これはヤバイ。このままだとクリリが死んじゃうかも。どうしよう。

百均で何かないかな。魔物に対抗できるもの？　そんな都合のいいものなんてないよ。日本には魔物なんていないんだもん。

どうしよう。タケルはまだ来ないのかな。どうしたらいいの？　真面目に魔法の練習すれば良かったよ。でも私の魔法って治癒魔法と防御魔法だけで攻撃魔法がないから魔物相手には役に立たないよね。そうだ、クリリは攻撃魔法使えないのかな。

「クリリ、魔法は使えないの？」

「つ、つ、使えたら使ってるよ。か、風の魔法があるみたいだけど使った事ないから、どうなるか

全然わかんないんだ。はぁはぁ……院長先生がもう少し大きくなったら教えてくれるって言ってたんだけど……」

クリリは苦しそうな声で答えてくれた。どうやらクリリも私と同じで生活魔法しか使った事がないみたいだ。困ったなあ。何かないだろうか？

魔物とはいっても植物なんだから、植物の天敵って何？　植物……草……くさ？

「あっ、あった！」

私は急いで百均で買って、ふたを開けるとその液体をクリリをぐるぐる巻いてるゴンラーラにかける。一か八《ばち》かだよ。

『ギャーーーーーー‼』

ゴンゴーラは大きく叫ぶとぐるんぐるんと揺れた。だ、大丈夫かなあクリリ。

クリリはゴンラーラのくるくる巻きが緩《ゆる》んだ隙にオオカミになって下に落ちるのをくるって回転して免《まぬが》れた。獣人って……獣になるの？

てっきり耳と尻尾がついてるだけだと勘違いしてたよ〜〜。犬と違ってオオカミって大きいし怖いかも。牙もあるしね。日本のオオカミより絶対大きいよ。

『ナナミさん、今のポーションみたいな物をコモとゲラを巻いてるゴンラーラにもかけてあげて』

オオカミになっても話せるみたいだけど、いつもより低い声で話しかけてきた。

「うん、わかった」

私は百均でまた除草剤を買ってゴンラーラにかけた。

『ギャーーーーーーー‼』

コモとゲラは人間だったからゴロンゴロンと転がっていく。だ、大丈夫？　大丈夫なの？

「「クリリ～～～」」

あ～大丈夫だったみたい。二人はオオカミになったクリリに抱きついた。コモとゲラはオオカミになったクリリでも怖くないいんだ。そうだよね、オオカミはクリリなんだもんね。見かけで判断したらダメだよね。

『ヤバイよ、ナナミさん。なんか囲まれたみたいだ』

クリリが話しかけてきた。なんか声が低いとクリリじゃないみたいだよ。

「えっ？」

一難去ってまた一難。ゴンラーラはそのための存在だった。餌《えさ》を彼らに与えるための罠。

「なんなの？　爬虫類《はちゅうるい》？」

見た目がダメだった。大きいトカゲがいっぱいだ。

「ダラダラって言う魔物だよ。俺、二匹くらいなら倒せると思うけどナナミさんは……ムリそうだね」

「ぜーーーーったい、絶対ムリ！」

爬虫類ダメだから。爬虫類ダメだから。大事な事だから二回言ったよ。

「でも変だな。普通ならもっと近付いて来るんだけど……」

そうだね。囲んで様子を伺《うかが》ってるみたい。襲ってくるなら今なのに。

「「怖いよ～もう帰ろうよ～～」」

クリリに抱きついてる二人が帰りたいと泣き出した。その泣き声で止まってた時間が動き出す。

のそのそとダラダラが近付いてきた。私ではなく二人と一匹の方へ。声がする方に動いてるのかな。

「タケルってば役に立たない」

のそのそと近付いてくるダラダラを不気味《ぶきみ》そうに見ながら呟く私に、

「タケルさんに助けを求めたの？」

と嬉しそうにクリリが聞いてくる。

「うん、魔法のような手紙を送ったんだけど、全然来ないね」

「手紙送った場所が違うからじゃないの？」

そうだった。手紙を送った場所に来てるのかも。ここからそんなに遠くないから叫んでみよう。

「タケル～～！　松茸があるよ～～！」

私はタケルが一番喜ぶだろう言葉を選んで叫んだ。

「なんか違うと思う」

クリリは不満そうだ。コモとゲラもキョトンとしてる。でも私の勘に間違いない。タケルは松茸の匂いに敏感なはずだ。

「本当だ。松茸の匂いだな」

さすが勇者様だ。一番いい場面で現れる。ヒーローの登場ってわけだ。

タケルはダラダラを蹴散《けち》らしながら現れた。剣でバサバサ切っていくのかと思ってたら蹴るだけ。血がドバッと出たらどうしようかと思ってたから良かったよ。ダラダラはタケルが蹴散らすと怯《おび》えたように去っていった。弱肉強食ってこういう事なのね。タケルも深追いはしない。

「この松茸って食べれるんだよね」

私は松茸の匂いのするキノコをつかんで首を傾げる。匂いは立派だけど不安だな。

「マツタケじゃないよ。ユウダケだよー、僕たちこれでナナミさんにシチューを作って貰おうって思ったんだよ。それで、それで結界から少し離れてるけど大丈夫だって……もう二度と結界の外には出ないよ。言いつけ破ってごめんなさい」

「ごめんなさい」

コモとゲラは泣き顔で必死に私たちに頭を下げた。

「コモもゲラも懲《こ》りただろうから、許してやってほしい。みんな一回はこういう事経験するんだよ。今回はタケルさんとナナミさんがいなかったらってゾッとするけどな」

いつの間にか獣人に戻ったクリリがコモとゲラの頭に手を乗せてる。クリリだってまだ幼いのにお兄ちゃんだなあって思う。でもクリリの服ってどうなってるんだろう。獣人の時は着てなかったよね。めちゃくちゃ気になるんだけどな。

「気にするな。俺もユウダケのクリームシチュー食べたいからな。ほら沢山あるからみんなで採ってナナミに作って貰おう」

タケルが何故《なぜ》か仕切ってる。まあ、いいけどね。松茸のシチューって贅沢よね。

「「「はーい」」」

クリリとコモとゲラだけでなくタケルも必死でユウダケを採ってる。もしかして幻のキノコってユウダケの事だったの？

沢山ユウダケを採り終わるとみんなで集合場所に戻る。うちのが一番キノコが多かった。

「お腹空いて歩けないよ～」

「夕飯まで大分あるぞ。水でも飲んで我慢だ」

「「「え～」」」

え～って叫ぶ中にタケルがいるよ。恥ずかしいなあ……。

「みんな、頑張ってくれたからご褒美があるよ！　でもその前に洗濯の魔法を使うよ」

私はみんなの手が汚れてるのに気付いて洗濯の魔法を使う事にした。一人一人だとだいぶ時間がかかるなと思っていると、タケルが私を含めた全員に洗濯の魔法を使った。

「わ～全身がきれいになった」

「すごーい。魔法だよ」

「今日はもう風呂には入らなくていいな」

や、それはダメでしょう。でもみんなが綺麗になって良かったよ。

タケルが目で催促《さいそく》するのでカバンから熱々のカレーパンを出す。

「それはもしかして……」

タケルには何かわかったようだ。仕方ないので初めに渡してあげた。

「この匂いカレーだよね」

「本当だ。カレーの匂いがする」

「パンの中にカレーがあるの？」

みんなにカレーパンを手渡していく。

「熱いから気を付けて食べてね～」

ハフハフと一生懸命に食べている子供たちとタケルは同じ顔だ。昨日頑張って作って良かったよ。

「ナナミさん、ゴンゴーラにかけてたポーションってなんなの？」

カレーパンを食べながらクリリが尋ねてくる。

「あれは除草剤だよ。まさかあんなに効き目があるなんてビックリだったね」

「えっ！　知らないで使ったの？」

クリリが目を見張って私を見るけど、あの時はあれしかなかったんだから仕方ないよね。

「除草剤ってそんなに強くないのに、ここでは効き目がすごいのかな。ゴンゴーラは全滅してただろう。魔石が落ちてたからな」

倒したゴンゴーラから魔石が採れたみたい。除草剤がそんなにすごいなんて驚きだよ。でもきっと植物の魔物にしか効かないんだろうな。

# （三）

松茸（ユウダケ）のクリームシチューを作ると言うとみんな手を叩いて喜んだ。作り方はとても簡単である。カレーの作り方を知ってる孤児院の給食担当の人たちは、私が作り方を説明するとポテポテをピーラーで剥き、玉ねぎをくし形に切っていく。これなら私、必要ないかも。

「ナナミさん、先に風呂に入る？」

クリリも私の必要性に疑問を感じたのか風呂を勧めてくる。

「もう入れるの？」

「うん。今、沸かしてるから入れるよ」

一番風呂に私が入っていいのか聞くと、一番風呂は熱いから人気がないと言われた。熱い風呂は好きだから私は大丈夫。それにしてもお風呂に入るの何日ぶりだろう。

「ああ、風呂に入れるなんて生きててよかった」

心の中で呟いたつもりだったけど漏《も》れてたらしい。

「お風呂ぐらいで大げさだよ。俺は風呂はあんまり好きじゃないよ。生活魔法使えるから最近は入ってないよ」

クリリに呆れられた。クリリも魔力があるから魔法が使える。孤児院のみんなに使う事ができないので自分だけ生活魔法で綺麗にしてるらしい。

魔法が使える孤児は他にもいるけど、なるべく自分の事は他人に頼らないという孤児院の方針もあって、他人のために魔法は使えないからクリリの魔法でみんなを綺麗にしてあげる事はしてないそうだ。


孤児院のお風呂は多人数で入ってるからだろう、日本の一般家庭のお風呂より大きかった。お風呂に水を入れる蛇口《じゃぐち》はあるけどシャワーのようなものはないようだ。桶はあるけど重くて使い勝手が悪い。これは百均で買ったほうがいいね。

私は服を脱ぐ前に百均で色々と揃《そろ》える事にした。石鹸《せっけん》とシャンプーとタオルと洗面器と片手桶とボディタオルも必要だよね。大きいお風呂だからあひるのオモチャや湯船に浮かぶ船のようなものも買っておく。私には必要ないけど喜ぶ子もいると思う。

「こんなに大きい風呂なのに一人で入るの悪い気がするよ」

みなさんも一緒にと言ったけど遠慮されてしまった。みんなで入ったほうが絶対に楽しいのに……残念。

湯船の温度を手を入れて確かめる。あまりに熱かったら水で調整しないといけない。

「ちょっと熱いけど私には丁度いい」

椅子に座ってゴシゴシと洗っていく。久しぶりに身体を洗うので楽しい。魔法は便利だけどやっぱりこうやって洗うのが一番だよ。石鹸の香りも心地良い。

あまりに気持ちが良いのでシャンプー二回に身体も二回洗った。お風呂からの湯気で、お風呂場全体が曇ってる。この風呂場は広いから今は丁度良いけど、冬は寒いかもしれないね。

『ザッブーーーーーン！』

たっぷり入っていた湯が少しこぼれてしまった。クリリに言われたように上に浮かんでいた木の上に体重を乗せた。木の上に乗らないと火傷《やけど》を負うそうだ。湯を沸かしてるから下は熱いんだね。

「う～ん。いい気分。マジ生きてて良かったたって気分だよ～」

大げさなんかじゃないよ。お風呂って日本人には本当に大切なんだからね。早く私の家にもお風呂ができるといいなぁ。毎日でなくても良いから入りたいよ。

ついつい長湯してしまった。お風呂から上がって廊下に出るとクリリが心配そうに待っていた。

タケルさんに言っても、「女はお風呂が長いのが当たり前だから心配するだけ損だ」って言われたけど心配だったんだよと言われた。クリリって本当に可愛い。

「でもなんで魔物たちはナナミさんの事狙わなかったんだろう。俺みたいにすぐにぐるぐる巻きにしてたらナナミさんにやられる事もなかったのに」

そういえばどっちの魔物も私を無視してた気がする。無視されて良かったけど不思議だな。

「それはナナミに女神様の加護があるからだよ」

タケルが突然現れて私たちの疑問に答えをくれた。

「女神様の加護って魔物も寄せ付けないの？」

「魔物は基本バカばっかりだから、初めは気にしててもすぐ忘れる。だから近付いてこないのは少しの間だけだ。それでもだいぶ時間は稼げるけどな」

「ナナミさんって女神様の加護も持ってるの？　すごいなぁ～」

「クリリ、これは誰にも言ってはいけないよ。女神様の加護があるって知られると厄介な事になるからな。男と男の約束だぞ」

タケルはいつもとは違う真剣な顔でクリリを見る。

「うん。絶対に誰にも言わないよ。男と男の約束だね」

男と男の約束だから私は蚊帳《かや》の外だ。私の事なのに変だよね。

「タケルは何しに来たの？」

「お前が来ないと食べれないだろう」

タケルに急《せ》かされていつも食べてる部屋に行くとみんなが座って待っていた。ユウダケの匂いが食欲を増進させる。

「みんな、待たせてごめんね」

この匂いの中で待たせるなんて拷問《ごうもん》だよね。急いで席について、

「いただきます」

と言って食べようとしたらお祈りが始まった。私もタケルも祈りの言葉はわからないので手を合わすだけ。みんなの祈りが終わって食べ始めたのを見て私も食べ出す。

「美味しい！　やっぱり松茸は美味しいね」

この松茸の香りもいいけど、コリコリした歯ごたえもいいのよね。シチューにも松茸の味がしみてて何とも言えない味わいだ。

「ナナミさん、ユウダケだよ。マツタケってユウダケと味も同じなの？」

クリリもスプーンで美味しそうに食べている。

「うん。味も匂いも全く同じだよ」

「マツタケも安く買えるの？」

クリリは私の店の物が安いからマツタケも安く買えると思ったらしい。残念だけど松茸は塩や砂糖と違って日本でも高いんだよね。

「私の故郷でも松茸は高くて滅多《めった》に食べられないんだよ。とてもじゃないけどシチューに入れて食べる事はできないね」

「そっかぁ、残念だね」

パンが付いてたのでみんなにハチミツを配った。甘くて美味しいからみんな夢中で食べる。シチューは好評でお代わりに並ぶ子がいっぱいだった。タケルも子供たちと一緒に並んでる。

「タケルさんって……何回並ぶつもりなんだろう」

クリリの呆れたような呟きに同じ日本人として恥ずかしかった。

ふー。いっぱい食べたよ～。ユウダケのシチューは本当に美味しかった。次食べれるのは来年だろうか。

「そろそろ帰るか？」

「そうだね。沢山食べたから、少し歩かないと」

「ナナミさん、お話があるのですがよろしいですか？」

帰ろうとしてたら院長先生に声をかけられた。別に用があるわけでもないので、タケルと一緒に院長室に入る。

「どうぞお座りになってください」

勧められるままにソファに座った。ソファと言ってもただの木で作られた椅子だから、あまり座り心地は良くない。

テーブルの上にはユウダケが十本くらい置いてある。これってみんなで採った分だよね。全部シチューに使ったのかと思ってた。

「先ほど料理を作ってくれてる人たちが持ってこられたんですよ。全部は使わなかったのでこれを売って冬に備えましょうって」

院長先生は困ったような顔をしてる。余ったのなら売ったらいいのに。クリリも高く売れるって言ってたし、みんなのためになるなら良い事だよね。

「クリリもユウダケは高く売れるって言ってたから良い考えですね」

私がそう言うと院長先生は驚いた顔をした。

「売ってもいいのですか?」

「えっ? 孤児院のみんなで採ったものですから、孤児院のためになるのならいいと思いますよ」

思いがけず命がけのような経験になったが、このユウダケを採るためにみんなで頑張ったもんね。

「クリームシチューのために採ったと聞いてたので、ナナミさんの許可もなく売るのもどうかと。ナナミさんが賛成してくれて本当に助かります。これで今年の冬はみんなに寒い思いをさせなくてすみそうです」

院長先生はユウダケを売ったら暮らしが楽になるとわかってはいたが、私の許可もなく売る事はできなかったようだ。

「やっぱり夏より冬の方がお金がかかるんですね」

「そうですね。この秋に三人ほど成人して働き出したんですが、その支度にお金が余分にかかってしまって今年の冬はどう過ごそうかと思ってたんです。冬は寒いからどうしても燃料にお金が要りますからね」

部屋に暖炉《だんろ》があったから薪《まき》が沢山いるのだろう。孤児院の周りには木がいっぱいあるけどあんな魔物がいるのなら薪は買うしかない。ユウダケが役に立って良かったよ。

「これは魔物の魔石です。あそこの森で退治して拾った物なのでこれも売るといいですよ」

タケルがマジックボックスから十個くらいの魔石を取り出した。私が魔石屋で買う魔石と違ってまだ加工されてないものだ。

「このような物まで貰っていいのですか？」

「俺たちには使う予定のないものですから、クリリたちの役に立つのなら嬉しいですよ」

院長先生は私の方にも確認するように見るので頷いておいた。魔石は私とは全く関係ないけどね。でもタケルはいつあんなに魔物を倒したんだろう。魔物を倒しても必ずあるわけではない魔石があんなに……絶対にここの森で採った分じゃないのも入ってるよね。

「本当にありがとうございます。ナナミさんのおかげで本当に助かってるんですよ。子供たちもサラダを残さずに食べれるようになって、毎日美味しいご飯を食べれるようになりました」

大袈裟なくらい褒められて顔が赤くなってくる。百均の商品をあげただけなのに、そんなに喜ばれるなんて。でもクリリたちも喜んでくれてるみたいで嬉しいよ。

「除草剤を冒険者向けに売ったら喜ばれるんじゃないか？　ダラダラが枯れるくらいだから相当な威力があるぞ」

孤児院から店に戻るとタケルがそんな事を言い出した。

確かにあの除草剤がなかったら、クリリは死んでいたかもしれない。とっさに除草剤を閃いた私、ナイスだよ。

「うーん。でもダラダラだけって事もあるよね。植物系の魔物には全部効くのか確かめないと売る事はできないよ」

「それもそうだな。ちょっと確かめてくるか」

タケルは除草剤を数本手にすると消えた。本当にスッと消える。便利な魔法だなぁ〜。女神様、私もこういう魔法が欲しかったよ。

タケルは私の百均がチートだって言うけど、タケルの魔法の方が絶対チートだよね。魔力も限りがないくらいありそうだし、いいなぁ〜！


「この除草剤は使えるぞ。冒険者たちに絶対売れる。振りかけてすぐに枯れる事はないが、振りかけたら素早く距離を取って時間を稼げばいいだけだ。そのうち勝手に枯れていく。欠点は魔石が手に入る事もあるが、素材は全滅する事だな」

しばらくして戻ってきたタケルは除草剤を絶賛した。とはいうものの欠点もある。枯れちゃうんだから素材は採れないね。

「明日から注意点も書いて売ってみるよ。冒険者たちが少しでも危険を回避できるのなら売った方がいいよね」

ポップには注意書きと一緒に勇者様オススメ品って書く事にしよう。絶対売れるよね。いくらにしようか？　相場がわからない。

「いくらで売ったらいい？」

「俺も自分の魔法で倒せるからよくわからないな」

「五銅貨くらいかしら？」

「一銀貨くらい貰ってもいいいんじゃないか？」

「えっ？　ぼったくりにならないかな」

「それを言ったらオールド眼鏡が一番ぼったくりだろう」

「それもそうね。うん。一銀貨にするよ」

勇者様オススメ品の《ジョソウザイ》は飛ぶように売れた。ポップだけでは字の読めない冒険者が間違えて買ったらいけないので、買う人一人一人に説明をした。それでも買う人が後を絶たなかった。

どうも値段設定に問題があったらしくショルトさんに「こういう商品を売る時は前もって相談してくれ」と言われてしまった。

タケルに値段を聞いた私が馬鹿だった。こういう時はやっぱりショルトさんだね。

# 【第五章】　セルビアナ国ウータイ

## （一）

ゴロンゴロンゴロン‼

ベッドの上でゴロンゴロンゴロン‼

テレビもなくて暇だなあ～。タケルはスマホが復活したからゲームとかで暇つぶしができるけど私にはスマホないもんね～。どうして私にはないんだろう。優しい女神様って自称してたけど、まだまだだよね。

「うーん。それにしてもこれって硬いよ」

異世界のベッドは木でできている。形は日本のと変わらないんだけどマットレスがないから、とにかく硬い。一応薄っぺらい敷きパッドがあって、その上にシーツを敷いているだけ。

「うーん。何かないかなぁ。アマ◯ンとかだったら色々あるのに百均だからね」

初めてベッドが来た時も何かないか散々百均で調べたけど目ぼしいものはなかった。でも私は諦めない。部屋も住み始めた時のまんまだから少し百均のものを飾ろうかな。売るものばかり考えてるけど、たまには自分の物を選んでみよう。

百均には本当にあらゆる物がある。もちろんこの世界では売れない物もある。乾電池もタケルには売れるけど、他の人にはただのガラクタだもんね。

「あっ！　これいいかも。女神様、百五十円ってしょぼいとか言ってごめんなさい」

レベルアップして貰った『百均で百五十円の商品が買えるようになった』能力のおかげでいい物が見つかった。百均でそれを二十一枚ほど買った。うまくいくといいけど。

「うん、結構いい感じじゃない。隠すのがもったいないくらい」

百均で買った百五十円の座布団をベッドに並べる。その上に敷きパッドを乗せて上からシーツを敷いてベッドメーキングをする。

「やっぱり、全然違うよ。ふかふかだ」

クッションがちょっと弱いような気もするけど、レベルアップが進めばもっと上等な座布団が手に入るはず。よし、明日からも商売がんばるぞ〜。

最近は店も落ち着いてきたから、ゆっくり昼食が取れるようになった。昨日の夜はよく眠れたし、いい事だらけだよ。クッションが良くなるとやっぱり寝心地が全然違うね。

外に休憩中の札を出した。

本日の昼食メニューはちゃんぽん（カップ麺）と五目ご飯。なぜかタケルもそばで同じものを食べている。まあ、温めるのはタケルだから文句言えないけどね。

「この五目ご飯、パックだからどうかと思ってたけど結構いけるな」

もぐもぐ、もぐもぐ。ひたすら食べる。

「そうだね。ごぼうの味も出てるし美味しいね」

カップ麺ができるのを待つ間に五目ご飯から食べる。五目ご飯をタケルに温めてもらう時には電子レンジの時と同じで空気穴を開けてから温める。この魔法、まだ習得できてない。時間が短縮できるので便利なんだけどね。

『カランカラン』

鍵は閉めてないのでお客さんが来たようだ。ちゃんぽんが伸びちゃうな。

「いらっしゃいませ~あれ、あなたはこの間も来たオールド眼鏡の人ですね」

入ってきたキンキラキンの髪と青い瞳の青年を見て、声をかけた。

「クリス・ガーディナーです」

「そうでした。ボールペンとか鉛筆とか使ってみてどうでした？　とても良いでしょう？」

「はい、とても役に立ってます。友達も欲しがってます」

挨拶を交わしていると、

「クリス様じゃないですか？」

とタケルが割り込んでくる。どうやらクリス様を知ってるというのは本当だったようだ。

「え？　もしかして勇者様ですか？」

クリス様は目を見張って驚いてる。まさか勇者様がこんな店にいるとは思ってなかったのかな。

「そういえばここはお前の家、ガーディナー家の領地だったな。この間王都でクリス様に会いに行こうと思ってたんだが、急にここに来る事になったから会いに行けなかったんだ。ここで会えて嬉しいよ」

「タケルはクリス様と本当に知り合いだったんだね」

「ああ。魔王退治した後にパーティーがあって、そこで知り合ったんだ。この国に来た時は一緒に飲もうって誘われたんだ」

「えー。飲みに行こうって、クリス様って未成年でしょ。ダメじゃないですか」

タケルにダメでしょって言うと、

「ここでは十五歳過ぎたらお酒を飲んでもいいんだよ」

と笑って言われた。そうだった。ここは異世界なんだから日本と同じではなかったよ。

「勇者様はどうしてここに？」

クリス様が不思議そうに尋ねる。

「マヨネーズに誘われてね。っていうか、とりあえずちゃんぽん伸びるから先に食べてもいいか？」

そうだったよ。ちゃんぽん伸びたら美味しくないよ。

二人で食べるのも悪いのでクリス様のも用意して三人で食べる事にした。クリス様はさすがに箸を使えなかったので、フォークで食べてもらった。

クリス様は箸を使って食べる私たちを不思議そうに見てる。

「このちゃんぽんというのは美味しいですね。これもカップ麺と言うんですか？」

「そうですね。カップに入った麺でカップ麺ですよ。これが麺です」

これと麺を指して教える。

「ところで二人が使ってる棒は何なのですか？　フォークとは明らかに違うが、どうしてそのように上手に食べれるのですか？」

クリス様が不思議そうに聞いてくる。

「これは箸と言ってフォークの代わりです。この方が慣れてるから、私には食べやすいんですよ」

「そうそう。かえってフォークで食べろって言われたら困るな」

タケルは食べる手を止めずに答える。

クリス様はまだ何か聞きたそうに口を開いたが、言葉を飲み込んでまたちゃんぽんを音を立てずに上品に食べだした。

タケルもクリス様がフォークで上手に食べるのを見て驚いている。これが生まれながらの貴族というものなのだろうか……。でもラーメンはすすって食べたほうが美味しいと、私は言いたい。

「あっ、そうだ。クリス様はこの辺りに売家がないか知らないか？」

「売家ですか？　誰が住むのですか？」

「俺に決まってるだろ」

どうやらタケルは本当にこの辺りに住む気なんだ。大丈夫なのかな。

「勇者様は領主になったと聞きましたが、何かあったのですか？」

「何もないよ。あそこは領主代理がいるから時々様子を見に帰ればいいさ。それよりこの麺やカレー、醤油たちとは離れて暮らせないよ。やっと見つけたんだから」

動機が不純だよ。食べ物のために暮らす所を決めるって、男としてどうなんだろう？　カッコよくないよね。ほらクリス様も呆れて口が開いたままになってるよ。

「ほ、本気なんですか？」

「もちろんだ。間取りは風呂も付けれる広さが欲しいな」

「風呂を取り付けるのですか？」

「ああ。そのつもりだが、この街で風呂を取り付けるのは難しいのか？」

「いえ、我が家にも付いてるので頼めば大丈夫でしょう。品物さえ王都から運んでもらえば、ここの職人で取り付けられますよ。何年か前に我が家のも新しいのに取りかえてるんで大丈夫です。こちらで手配しましょうか？」

「ぜひ頼むよ」

「私のも一緒にお願いできますか？」

ついでにお願いする事にした。ショルトさんから家主さんが風呂の取り付けを了承《りょうしょう》してくれたと返事が来たので、丁度よかった。他にもこの店の裏の部屋のところに簡易キッチンを取り付ける事も了承してもらえたので、これからは二階にわざわざ行かなくても簡単な料理ならできそうだ。

「ナナミさんもですか？」

クリス様が驚いてる。それほどお風呂は珍しいのだろう。でも孤児院で入った事で我慢が利かなくなったよ。

「はい。風呂が好きなんです」

「そうですか。だったら急いで頼みましょう」

「おいおい、クリス様。俺のも忘れないでくれよ。後、俺の家の方もな」

「わかりました。執事のセバスチャンに聞いておきます」

「執事さんがいるのですか？」

「はい。こちらの邸《やしき》にはセバスチャン、王都の邸にはヤンとまあ、二人います」

やっぱり貴族様はすごいよ。執事が普通にいるんだからね〜。

「できれば簡易キッチンも取り付けたいので、それも同じ人にお願いできますか？」

私は簡易キッチンの事もお任せする事にしました。

「簡易キッチンならすぐ取り付けてくれるでしょう。風呂と違って在庫があると思いますよ。手配しておきます」

「よろしくお願いします」

トントン拍子で決まった。これで風呂が近付いてきた。やっぱり風呂に浸からないと、疲れが取れない気がするもんね。クリス様々だ。

クリス様はちゃんぽんと五目ご飯を食べ終えると、早くしろという私たちの視線に耐えかねたのかすぐに帰って行った。


クリス様のおかげで時間がかからずに簡易キッチンとお風呂ができた。

そしてレベルも上がって、二百円の商品が買えるようになった。

名前：倉田ナナミ（クラタナナミ）
年齢：二十一歳

職業：マジックショップナナミのオーナー
固有能力：生活魔法三・治癒魔法二・防御魔法二・ユーリアナ女神様の加護
ギフト：百均【百均の二百円までの商品が買えるようになりました】
カバン：財布一
財布：千百六十五万七千六百円

お風呂が白金貨百枚
簡易キッチンが白金貨八枚

お風呂は日本円で一千万円もした。これでもだいぶ安くしてくれたんだけどね～。工事費込みでこの値段なのでお得だそうだ。

財布の中身はだいぶ減ったけど、だいぶ儲けていたからまだ約千百六十五万もある。でももっと貯めて、いずれは店舗を借りるんじゃなく買えたらいいなって思ってる。

今日は簡易キッチンでスパゲッティーを茹《ゆ》でた。私はナポリタンでタケルはミートソース。もちろん百均で買ったものだからインスタント。茹でたスパゲッティーにスパゲッティーのソースをかけるだけ。

それでも久しぶりのスパゲッティーは嬉しいし美味しい。今日はフォークを使って食べる。スパゲッティーは箸よりフォークだね。

「うーん、やっぱり美味しいな。久しぶりのスパゲッティー。スパゲッティーはやっぱりミートソースだよ」

「ナポリタンもいいよ。次は明太子クリームもいいね」

タケルがいるおかげで、一人で食べなくて良くなったので食事も美味しい気がする。

「そうだ。タケルはずっと旅してたって聞いたけど、他の異世界人には出会わなかったの？」

聞きたいけど聞けなかった事を尋ねる事にした。

「うーん。初めは勇者様の子孫とかに会ってたんだけど、子孫たちはここで生まれて育ってるから俺の気持ちはわかってもらえなかったよ。旅を続けてると異世界人の噂も聞こえてくるから、その人に会いにも行ったよ」

「それで？」

「国王の側室にされてる人もいたよ。この世界では国王の側室にだって、なかなかなれるものじゃないけど、俺からすると可哀想《かわいそう》な気がした。あれはあれで幸せなのかもしれないけどね」

「そうだよね。私は百均あったから、商売できて暮らしていけるけど、普通はこんなに上手くいかないよね」

ちょっとしんみりしてきたよ。百均あって本当によかった。女神様、しょぼいとか言ってごめんなさい。

「でも、いい出会いもあったよ。大阪に住んでいたおっちゃんに会ったんだ。突然この世界に連れてこられたって言ってた。ナナミと一緒だな。実は今度の定休日にその人に会いに行って欲しいんだ」

「え？　私が会うの？」

「もちろん一日だともったいないから二日休んで、セルビアナ国のウータイっていう街に一緒に行って欲しい」

さすがタケル。無茶ぶりだよ。違う国に行くのにたった二日？

「二日で行って帰るのは無理じゃないの？　セルビアナ国って二日でいけないでしょ？」

ほかの国に興味はあるけど王都に行くのだって一日はかかるのに無理だよね。

「大丈夫。魔法であっという間に行けるから」

タケルは自信満々で笑っている。そうだ、ここは異世界だった。これは行く事になりそうだな。

## （二）

「うわっ」

光ったと思った瞬間、今までいた私の店とは全く違う場所に来ていた。思わず「うわっ」とか叫んじゃったよ。

「本当に移動できたんだ」

「うん。今まで人間と一緒に移動した事なかったけど、大丈夫だったな」

「私は実験体か！」

な、なんて事だ。だまされたよ。

「ハッハハ。冗談だよ」

笑ってるタケルを見るが本当に冗談なの？

「ここってホテルの部屋か何か？」

私がこの世界に来た時と同じような造りの部屋だった。

「印つけてるとこにしか移動できないんだよ。ここは宿屋。一年契約してるから大丈夫さ」

確かに宿屋にしか見えない。それにしてもめったに使わない部屋代を一年も払ってるなんて無駄だとしか思えないけどタケルは金持ちだからいいのかな。

「じゃあ、早速日本人に会いに行こう」

「ヨウジさんでしたっけ?」

「そう、この宿屋の娘さんと結婚して食堂で腕を揮《ふる》ってるんだ。あれはカバンに入ってるよな」

タケルに頼まれたものは昨日のうちに百均で買っておいた。

「うん。持ってきてるよ」

タケルは私の返事を聞くとサッサと部屋を出て階段を降りて行く。慌てて私も追いかける。知らない国で迷子にはなりたくないもんね。

「おはよう。朝ご飯を二つ」

宿屋の一階にある食堂でタケルは忙しそうに働いている女の人に声をかけた。

「タケル様いらしてたんですか? 主人は今、手が離せないんですけど」

女の人はタケルの事を知ってるようだ。いつも泊まってるからだろうか。

「朝ご飯の時間だからわかってるよ。食べながら待つから大丈夫」

「この方は?」

女の人は私の方を探るような目で見る。

「あとで話すよ」

タケルは空いてる席にサッサと座る。仕方ないので向かい側の椅子に私も座った。食堂の方は宿屋に泊ってる人以外も食べれるようでとても繁盛しているようだ。

しばらくすると料理が運ばれてくる。これは日本のモーニングと似てる。

ウインナー二つに目玉焼き、そしてパンも固いパンを薄く切ってチーズを乗せて焼いてるので、とても美味しくて食べやすい。この世界にもチーズあったんだね。野菜スープもしっかりとした味が付いていた。この世界で、初めて美味しいと思える料理を食べたよ。

「美味しいだろ？　だからここに印つけてるんだ。時々食べに来れるからな」

「うーん。気になったんだけど、貴族様たちが食べてるのはどんな料理なの？　味は美味しいの？」

「塩や胡椒はしっかりきかせてるから美味しいよ。ただ同じ料理が多いな。このウインナーだってここのオリジナルだよ。ヨウジが作って今ではこの街で普通に作られるようになってるけど、まだ他の国に伝わるのには時間がかかるよ」

そっか。ウインナー、異世界にもあるのかと思ったよ。帰る前に買って帰らないと。ん？

「チーズは？　チーズもここだけなの？」

「その通り。これもヨウジがアイデアを出して作り出したものだ」

チーズも買って帰らないと。港街だから他にも買いたいものいっぱいあるよ。買い物だけで二日間が終わってしまいそうだよ。

でもその前にこの美味しい朝食を全部食べさせてもらうよ。

「ごちそうさまでした」

手を合わせて心から言えた。

「美味しかっただろう？」

「はい。このウインナー、プリップリでとても美味しいです」

とても美味しいモーニングを食べた後はあれ欲しいな。

「「コーヒーが飲みたくなる」」

セリフが重なったね～。ではコーヒー出そう。といっても缶コーヒーだけどね。

コーヒーを出すと二つともタケルに渡す。温めてもらうためだけどね。タケルも慣れたもので、温めると返してくれる。

「うん。美味しい」

「そうだね。食後のコーヒーは美味しいよ」


二人でコーヒーを飲んでる間にお客さんは減っていった。そろそろ朝ご飯の閉店時間になるようだ。宿屋が主なので、朝の食事と夜の食事の時間だけ食堂を開いてるそうだ。

「あれ？　それって缶コーヒーだよね。どうしてここにあるの？」

厨房《ちゅうぼう》の方から現れた男の人が目を見張って缶コーヒーを見てる。

「ヨウジさん、久しぶりです。この女性は日本から女神様に最近連れてこられたナナミです。彼女にコーヒー出してもらったんですよ」

タケルは簡単に説明してくれた。ヨウジさんは驚いたような顔で私を見ている。コーヒーに驚いてるのか、日本からというのに驚いたのかはよくわからない。

ヨウジさんは熊のような外見の人です。太ってるというわけではない。大きくて頼れる感じの体型で黒髪に黒い瞳の日本人だ。年齢は二十代後半くらいかな？

「俺は大阪から来た南洋二《みなみようじ》だ。ヨウジと呼んでくれ。もうここに来て六年になる。君たちの先輩かな」

大阪弁じゃないよ。翻訳されるからかな？

「あっ。今、大阪弁じゃないと思ったでしょう。初めは大阪弁で話してたんだけど、翻訳が上手くいかないらしくて誤解される事が多くて大変だったんだ。それで一生懸命標準語に矯正して今は標準語で話してるんだよ」

翻訳も完璧ではないようだ。意外な落とし穴だね。もしかして私も地方の出だから方言とか使ってるかも。大丈夫だろうか……。

「それは大変ですね」

ヨウジさんは椅子に座って話し出した。どうやら彼はチート能力なしで、異世界に連れてこられたそうだ。

私の時と違って、彼はお金も宿屋もなく、ただこの街に放り出され大変な目にあったようだ。私の時とだいぶ違うから、私の女神様は本当に優しい女神様だったんだね。

彼が貰えたのはステータスについてるアイテムボックスだけ。ボックスの中に入っていたのは、たこ焼き用の鉄板五枚とお好み焼きとかを焼く用の鉄板五枚。大テコ十に小テコ三十。たこ焼きをひっくり返す時に使うピック十。そしてスマートフォンと本二冊とボールペンだけだった。これだけで放り出すなんて死ねと言われてるようなものだ。

やっぱり私は恵まれていたようだ。

ヨウジさんが行き倒れになりそうだった所を救ってくれたのが今の奥さんだ。

料理人を募集していた貼り紙を見て応募したものの、ほとんど諦めていたという。一週間以上歩き回っていたから、無精ひげも生えててかなり怪しい風貌だったと当時を振り返りながらヨウジさんが言う。その彼を雇ってくれた彼女は、ヨウジさんの言うようにとても素晴らしい人だね。

「苦労したんですね」

「そうだな。何しろ日本で料理人だったわけじゃないからな。趣味で料理は作っていたけどな。だがここでは向こうにあった調味料が手に入らない。港が近いから塩が通常より安かったのだけが救いだったよ」

いつの間にか奥さんもヨウジさんの隣に座ってる。すごく仲が良さそうで羨《うらや》ましい。

「さっきの朝ご飯、とっても美味しかったですよ。でもたこ焼き用の鉄板があるんなら、たこ焼きも食べたいですね。あれ？　でもこの世界にもタコっているんですか？」

「タコに似たのがいるよ。小麦粉もあるしな。お好み焼きやたこ焼きも作ってはいるんだが、あれがないから今ひとつなんだ」

「あれ？」

私が首を傾げると横からタケルが口をはさむ。

「そこでナナミに来て貰ったんだよ。ほら昨日用意してもらっただろ。カバンから出して、出して」

あーなるほど、あれか。確かにあれがないと、たこ焼きにならないよね。

私はカバンの中から〝あれ〟を出してテーブルに並べた。

それを見たヨウジさんは言葉も出ないくらい驚いていた。

「どうだ。すごいだろ」

なぜかタケルが威張《いば》ってる。ドヤ顔だ。

テーブルの上にはたこ焼きソース、お好みソース、焼きそばソースが並べられている。

「これはすごいな。今でも研究してるけど、この味のソースは作れなかったんだ。たこ焼きもお好み焼きも売れてはいるけど、今ひとつでね」

ヨウジさんは感動して涙声だ。奥さんも隣で嬉しそう。

「よし、アンジェ、今からたこ焼きとお好み焼きを作るぞ」

突然ヨウジさんは立ち上がって厨房の方に入って行った。アンジェというのは奥さんの名前でしょう。私たちの事は眼中にないようだね。

「すみません。夢中になると周りが見えなくなるんです」

アンジェさんが申し訳なさそうに私たちに謝る。

「気にしないでください。久しぶりに美味しいたこ焼きが食べれるんです。ここで待たせていただきます」

タケルは食べる気満々です。朝ご飯食べたばっかりなのに……。

「タコってこの世界にいないんでしょ？　それでも〝たこ焼き〟で売ってるんですか？」

「いえ、ウータイ焼きで売ってます」

この街の名前をとって売ってるんだ。明石《あかし》焼きみたいなものかな。

「ソースがないから、明石焼きみたいにダシで食べてたんだよ。これも上手いんだけど、やっぱりこの甘いソースで食べたいなって思ってたんだ。ナナミのおかげで食べられるよ」

ん？　て事はやっぱりアレもいるよね。お好み焼きも作るって言ってたから絶対にいると思う。

私はテーブルの上にマヨネーズと青のりとかつお節も追加で置いた。そして割り箸も。フォークでも食べられるけど箸で食べたいからね。

しばらくするとヨウジさんはたこ焼きをテーブルの上に置いた。それにたこ焼きソースをかける。

何とも言えない匂い。

「アンジェ食べてみてくれ」

やっぱりアンジェさんからだよね。アンジェさんが箸の使い方がわからないと言うと、ヨウジさんが割り箸を割ってたこ焼きを一つ掴むと彼女の口に入れてあげた。なんか暑くなった気がする。当てられっぱなしだね。

「美味しい」

アンジェさんはハフハフと食べながらも何度も美味しいを連発する。

やっとお許しが出たので私とタケルも食べる。ヨウジさんも口に入れてる。

「本当にタコみたいな食感ですね。たこ焼きと同じ味です」

「久しぶりの味だよ。うん、ウータイ焼きもいいけどたこ焼きソースのかかったたこ焼きも絶品だな。絶対この街の名物になるぞ」

「夢にまで見たたこ焼きです。本当にありがとうございます。……ところでこの商品は買えるのですか？」

ヨウジさんもアンジェさんも真剣な目で聞いてくる。

「はい。いつでも言ってください。大量に買ってくれるなら安くしますよ」

「百均の商品だけですか？」

ヨウジさんが不思議そうな顔をした。

同じ日本人だし大量に購入してくれそうなので、格安で売りますよって言ったら、どんな物が買えるのかと聞かれ、正直に百均の商品だけだと言った。

「そうです。百均だけです」

生鮮食料品はないし、アルコールもない。期待してたのならごめんなさい。

「結構買えるんですね。頼みたい物いろいろありそうなんで、夜まで考えさせてください」

ヨウジさんはガッカリした様子もなく嬉しそうなのでホッとした。

その後お好み焼きもできたので、みんなで分けて食べた。日本にいた時は料理人ではなかったそうだが、さすが大阪人。お好み焼きは絶品だった。お好みソースをかけた上にマヨネーズをかけてアツアツを頬張《ほおば》る。

「これがヨウジの言ってた本当のお好み焼きなんですね。濃厚なソースに生地の中に入れ込んだ海鮮。とても美味しいです」

アンジェさんも感動してる。どうやら二人の世界に入りそうなので、私たちは街を探索する事にした。今度はそば入りのチーズ乗せのお好み焼きを食べたいな。


「わー。海の匂いがする」

「そうだな。夜になると波の音も聞こえてくるよ」

久しぶりのお天道様《てんとうさま》だ。店が忙しくて、外出してないからね。

「とりあえずウインナー買いたいね。あとチーズも」

「海鮮も見に行こう。アイテムボックスに入れてたら時間進まないから、いつでも新鮮な魚が食べれるよ」

「そうだね。海鮮カレーや煮魚も食べたいし。ん？　なんか食べる事ばっかりだよ。他に何かないの？　せっかくよその国に来たんだから何か土産になるものないの？」

「普通に港街に来たらお土産は塩が多いよ。でもナナミが純度の高い塩を安く売ってるから土産にはならないな。ウインナーでいいと思うよ。珍しいものだからね」

　タケルはどうも食べ物に偏《かたよ》ってる気がするよ。きっと魔王退治の旅の時の食生活のせいだね。干し肉とかばっかりだったって言ってたから。

「とりあえずウインナーはどこが美味しいの？」

「うん、ウインナーなら《ハルの美味しい肉屋さん》がいいよ。ハルさんと協力してウインナーを作ったってヨウジが言ってたから」

　タケルの案内で《ハルの美味しい肉屋さん》に行く事にした。せっかく来たのだからウインナーいっぱい買って帰ろう。パンに挟んでホットドッグ。ポテポテサラダに入れるのも良さそう。

「わー。いろいろあるね。ハムにベーコンまでもあるよ」

《ハルの美味しい肉屋さん》には沢山の加工品があった。肉もいろいろあるので、肉も買って帰ろう。なんの肉かよくわからないのでタケルに聞きながら選んでいく。魔物の肉は栄養もあって美味しいらしい。

「このフィルデビの肉は豚肉にとっても似てるんだよ。この肉でしゃぶしゃぶしてもいいし、豚《トン》カツも美味しいと思うよ」

しゃぶしゃぶに豚カツ。いいですね〜でもしゃぶしゃぶする鍋ないよ。そう言うとタケルは任せろと言ったので、何処《どこ》からか調達してくれそう。

牛肉は普通にあった。モウモウという牛とよく似た動物で、牛乳もこのモウモウから取れるそうです。もちろん牛乳とは言いません。モウモウミルクです。チーズもこのモウモウミルクから作っているようです。

結局この《ハルの美味しい肉屋さん》で沢山の肉とベーコン、ハム、ウインナーを買った。精算はタケルがしてくれたよ。その代わりに料理は私がする事になりそうだけどね。……さあ次はチーズと海鮮だね。

「チーズも買ったし、後は海鮮だな」

「チーズはまだ固まりしかなかったね。プロセスチーズとか欲しかったな」

残念ながらチーズの種類は一種類のみで固まりしか売ってなかった。

「まだできたばかりだからな。今からいろいろ開発されていくさ。ヨウジがいるんだ、大丈夫だろう」

「そうだね」

魚は市場に行って買う事にした。市場にはこの朝、船から上がったばかりの魚が売られてる。

「見た事ない魚ばっかりだね。こんなのさばけないよ。切り身買って帰ろう」

「切り身でも、ここで買ってアイテムボックスに入れてたら、新鮮だよな。お、これがタコの代わりに入れてるやつだぜ」

どうやらタコもどきは茹でて売っている。この店は切り身も多いし、茹でて使う魚は茹でてくれてるようだった。カニに似たものや伊勢エビっぽいもの、カニに似たものもあります。

伊勢エビやカニは茹で立てのうちに買ってアイテムボックスに入れた。食べる時に出来立てが食べられるっていいよね。

「いっぱい買ったね。冬の食生活が潤うよ。冬といえば、最近肌寒かったのに、このあたりはまだ暖かいね」

コートを着てきたけど少し暑いくらいだ。

「このあたりはガイアに比べて冬が来るのはひと月くらい後になるな。少し南寄りだからね」

買い物も終わり海岸線をぶらぶらと二人で歩く。かもめのような鳥がたくさん飛んでる。

「そうだ、タケル。せっかくだから写真撮ろうよ～」

違う国に来て旅行気分の私はタケルに写真を希望した。スマホ持ってるから撮れるよね。

「撮れるけど、ここにはプリントアウトできるセブン◯レブンなんてないから、このスマホでしか見れないぞ」

そうだった。写真をプリントアウトできないんだから撮っても無駄かな。でもやっぱり記念が欲しい気もする。だって異世界で初めての旅行だもんね。

「いいよ。クリリに転写の魔法の研究してもらうから。そうだ、タケルは転写できないの？」

「転写はやった事ないな」

タケルって何でもできそうなのに……。

海やお城をバックに撮ってもらう。タケルもついでに撮ろうとしたら嫌そうな顔で拒否られた。

「ねえ、スマホだけどやっぱり圏外なの？」

当たり前だけど、もしかしたらあっちの情報が見れないか聞いてみた。

「ああ圏外だ。あっちにいた時にダウンロードした本とかゲームや曲は入ってるけどな」

そりゃそうだよね。

「パスワードは？」

「えっ？」

「あっ、エッチなゲーム入れてるんだ」

「入れてないよ」

「だったらいいでしょう」

「五九六三」

「おお～ごくろーさんだね」

久しぶりのスマートフォン。懐かしいな。写真はバッチリ撮れてた。他の写真はスルーする。プライバシーは尊重しないとね。

本は漫画も多いけど小説も沢山入ってた。辞書の類《たぐい》も多い。この世界で役に立たない外国語の辞書もある。タケルって結構勉強家なのかも。私のスマホには辞書なんて入れてないもん。

「もういいだろう」

ちぇ、取り上げられちゃった。

「いいなあ。タケルにはスマホがあって……」

「何言ってるんだよ、ナナミには百均があるじゃないか。すっごくチートな能力だぜ」

確かにスマホじゃあ、この世界で生きていくのは無理そうだけど、でもできたらスマホもカバンに入れておいて欲しかったよ……女神様。

夕飯は餃子《ギョーザ》だった。餃子のタレがないからか水餃子にした。皮がモチモチしてて、とても美味しい。ぜひまた食べたい。次からはタレも用意できるから焼き餃子も食べれそうだね。

食堂を閉めてから欲しいものを書いた紙を貰った。

お好み焼きソース百個
たこ焼きソース百個
焼きそばソース百個
マヨネーズ百個
トマトケチャップ百個
トマトのホール缶詰五十個
ハチミツ二十個
ラー油二十個
ゴマ油三十個
青のり五十袋
かつお節百袋
わさび三十個
辛子三十個

塩胡椒三十個
醤油三十個
カレールウ百個
砂糖五十袋
ソーメン三十個
味噌五十袋

ズラズラ続いてある。

「こんなに買うんですか？」

「次はいつ来るかわからないからな。とりあえず欲しいものを書いてみた」

「一応、一個銅貨二枚と考えてます。いかがですか？」

「それほど安くしてもらっていいのか？」

「大丈夫ですよ。百均ですから……ただ店では砂糖と塩はあまり安く売ってはダメだって、商業ギルドから言われてるんです。他の業者が困るからだそうです」

「そうだな。俺も塩はこれからもここの業者から買うつもりだ。今までの付き合いがあるからな」

倉庫に案内してもらって商品を渡していく。精算まで終わった時はだいぶ時間がたっていた。

「明日はどうするんだ？」

ヨウジさんが尋ねてきた。

「そうですね。買い出しも終わったので観光ですかね」

「する事ないなら市場で物を売らないか？　俺たちも明日は朝、店を閉めた後は市場でたこ焼きを売る予定なんだ」

「宿屋は大丈夫なんですか？」

「宿屋は従業員に任せても大丈夫です。忙しい時間は朝と夕方ですからね」

アンジェさんが答えてくれた。どうやら商業ギルドに登録していると国が違っても市場で売る事ができるようだ。

「市場で売るの面白そうですね。売りますよ、市場で」

え？　私、返事してないよ。タケル～、なんで勝手に返事してるのよ～。はぁ、観光は次に来た時かな。残念。


私とタケルは朝食を食べた後、市場で販売する事の了承を得るために商業ギルドに急いだ。ヨウジさんたちは昨日手続きしているので市場へ直行した。

商業ギルドに入って手続きをしてもらう。

「市場で売るんですね。ナナミさんはデルファニア国のガイアの商業ギルドでカード作られてますね。そこで店を開いてるとカードに書かれてます。売るものはそこで売ってるものですか？」

「そうですね。そうなります」

「えー、という事は、オールド眼鏡の販売もありますか？」

ギルド職員のお姉さんが身を乗り出して聞いて来る。

「オールド眼鏡は高いので市場だと売れないと思うんですが……。というかオールド眼鏡の事知ってるんですか？」

「高いから売れないという事はありません。デルファニア国は遠いのですがオールド眼鏡の噂はここまで届いてます。この国にもオールド眼鏡を手に入れた方が数人いて、その方たちから聞いてどうしても欲しいと商業ギルドに言って来る方もいるんです」

うーん。売らないと言えない雰囲気だ。ギルドカード見ただけでわかるとは思ってなかったよ。

「今日の夜には帰るので昼過ぎまでの販売になりますよ」

「わかりました。宣伝はお任せください」

え？　誰も宣伝なんて頼んでないよ。お姉さん聞いてるの？

せっかちなお姉さんですね。結局、私に市場で売る場所【十五】と書かれた札を渡し、場所代の銀貨五枚を受け取ると急いで何処かに行ってしまった。大丈夫かね〜。あんまり忙しいのは困るんだけど。

市場で【十五】の札を出すと広めの場所に案内された。市場には屋根がある。これなら日差しを気にしなくていいね。すごく狭い場所もあるから、私の場所は広すぎではないかな？　畳三畳分くらいは横幅がある。椅子も三人分用意されてる。椅子に座る暇があるといいけど……。

「ナナミもここになったのか？」

ヨウジさんの声がする。

「ヨウジさんもこの辺りなんですか？」

「ああ。隣だな。よろしく」

隣にはもうたこ焼きが焼けるようになってる。皿は昨日百均で買った紙の皿を使うようだ。たこ焼きのソースもたくさん用意してるね。八個入りで三銅貨。マヨネーズをかけると四銅貨。やっぱり私はマヨネーズかけたのが一番いい。早く食べたいな。

「ナナミ、何ニヤニヤしてるんだ。早く準備しないと間に合わなくなるぞ」

オールド眼鏡を並べてるタケルが喚いてます。そうだった。たこ焼きは後だ。今は商売の事が大事だ。

カバンからレジ袋と電卓とお釣りのお金も用意する。お金が統一されてて助かるよ。

オールド眼鏡の横には眼鏡クリーナーや眼鏡チェーン、そして眼鏡ケースも並べる。

「あとは何売ったらいい？」

タケルに尋ねる。

「保存食がいいんじゃないか？　船乗りも多いだろうし……」

「そうだよね。やっぱり食べ物だよね」

船乗りなら魚の缶詰はダメだから、焼き鳥の缶詰と桃缶、みかん缶、うずらの卵の缶詰。あとはカップ麺もズラーッと並べて、パックのチキンライス、ドライカレーに五目ご飯をたくさん並べる。白ご飯は味がないのでやめておいた。

「それは何だ」

ヨウジさんが尋ねてくる。あれ？　まだたこ焼き焼いてないの？

「何って、ヨウジさんならわかるでしょ？　五目ご飯とチキンライスですよ」

「もしかして白いご飯もあるのか？」

「ありますよ」

「はー、パックのご飯に気付かないとは」

ヨウジさんは頭を抱えて座り込んだ。なんだか声も涙声だね。どうしたんだろう。

「タケル、お前、俺が気付いてないの知ってたんだろう？　どうして教えてくれなかったんだ？お米は百均では買えないって俺が誤解してるってわかってたんだろ」

ヨウジさんは本当に泣いていた。ご飯食べたかったんだ。昨日気付いてあげれば良かった。カレールウ頼んでたけど、パンと食べるつもりだったのかな。

「帰るまでに気付かなかったら言ってたよ。俺だって、カレーに泣いたんだからね。ヨウジさんにも泣いて欲しかったんですよ」

意地悪だねタケルは……。

ウータイ焼《たこ焼き》きの匂いがすごい。ソースの匂いにつられて列ができた。これは繁盛しそうだね。ヨウジさんもアンジェさんも大忙しだ。

私の方はというとこっちもすごい。商業ギルドの宣伝のせいかオールド眼鏡が飛ぶように売れている。さすがに貴族の方が直接、市場に並ぶ事はできないようで使用人が並んでるみたい。

値段が高いのに大量に買う人もいる。あんなに買ってどうするの？

「この五目ご飯というのはどんな食べ物なんだ？　保存食と書いてるが日持ちするのか？」

「このパックを開けなかったらひと月ふた月は持ちますよ。ちょっと試食してみますか？」

タケルは一つ温めて、使い捨てのスプーンに五目ご飯をすくってお客さんに渡す。売り方が上手い。

「温めて食べるものか。魔法がなくても温められるのか？」

「沸騰してるお湯に入れて十分から十五分温めたら出来上がりです。その時はこのパックのままで温めてください」

「便利だな。味も美味しいし、そうだな。全種類三十個買おう」

船乗りさんには保存食が売れる。特に試食した人は大量に買って行ってくれる。

意外にも船乗りさんが買って行く物の中にはタオルやフルーツの缶詰が多い。タオルは場所が空いてたので穴埋めのように置いたんだけど今日一番の売れ行きだ。

市場というのはとにかく活気がある。店で売るのとは全く違う。あちらこちらでお客さんを勧誘する掛け声がしてる。

「店で売るより回転が早いから、昼過ぎには終われるかな」

「まだまだ噂を聞いて現れるかもしれないから、なんとも言えないよ」

うーん。もう今日中に帰れたらいいか。売れるっていい事だよね。みんな喜んでるし……。

結局夕方近くまで売る事になった。買った人がまた買いに来たりして列が途切れなかったから仕方ない。

ウータイ焼きも昼過ぎまで売ってたが、材料がなくなったと言ってヨウジさんたちは帰って行った。

ヨウジさんに夕飯をお願いした。結局ウータイ焼きはタケルと交代で急いで食べたけど、次に食べる時はゆっくり食べたいね。

次にセルビアナ国に来た時は観光するよ。商売も大事だけど異世界をもっと知りたいもんね。

## （三）

セルビアナ国から帰ってきて数日がたった。二日休んだだけで、次の日はまた外に並ぶほどの人が来てくれた。ガイアの街の人というより噂を聞いて土産にするために寄った方が多い。

そして今日は念願の風呂に入れる。セルビアナ国に行く前にできていたのだが、バタバタしてまだ入ってないのだ。

「日本の風呂と同じに使えるように注文してるから、蛇口も付けてるし温度設定も四十二度にしてる。熱いようだったら魔石で調整もできるし便利だね」

ひと足先に取り付けてもらったタケルにすべてを任せて正解だった。私一人だったらきっとこれほど便利な風呂にはならなかっただろう。

「というわけで、今日の夕飯は牛丼だよ。モウモウの肉だからモウモウ丼かな？」

牛丼は作り置きしてたら早く作れて早く食べれるから、急いでる時には最適な食べ物だと思う。今日は早く風呂に入りたいからね。

「今日はいい匂いがすると思ってたら牛丼煮込んでたのか」

タケルはここの従業員みたいになってる。だいたい昼過ぎに現れるので、昼と夜は賄いを食べて帰る。タケルが店番してくれるおかげで昼ご飯がきちんと取れるようになったから大助かり。……ショルトさんは従業員見つけてくれると言ってたんですが、どうなったのでしょうかねえ。

「モウモウ丼は美味しいなぁ。これは醤油にしか出せない味だよ」

タケルは熱々の牛丼をほおばりながら満足そうだ。

「ポテポテの味噌汁も美味しいね。いりこだしでダシとってますからね～インスタントだけど」

「うん。この味噌汁もいいよ。モウモウ丼に合ってる」

タケルが気に入ってくれて良かったよ。タケルには給金を払ってないので胃袋で繋《つな》ぎとめないと。

え？　ケチじゃないよ。タケルが給金はいらないって言うから仕方ないのよ。

タケルは二杯お代わりをして帰って行った。やっぱりいっぱい作って正解だった。

明日の準備に棚に商品を並べて、掃除の魔法もかけておく。鍵も閉めてるから大丈夫だね。日本とは違うんだから危機感を持てってよくタケルに言われるけど、この街ってそんなに危険とは思えないんだけど。

二階に上がって風呂のドアを開けると、まるで日本のお風呂だ。洗い場まで作ったし、シャワーもある。これって特注だろうか。お湯を溜めるために魔石を回すと、

「オフロノセンヲシマシタカ？」

と聞いてくるではないか。慌てて栓をした。すごいよ。日本のお風呂と変わらないよ。

百均でボディシャンプーとシャンプーとコンディショナーも買ってあるし、洗面器も用意した。

お湯にゆっくり浸かってもお湯は一定の温度のままで快適だね。

「ごくらく、ごくらく」

やっぱり日本人にはお風呂だよ。


寒さが本格的になってきた。あまり外に出る事のない私だけどそのくらいの事はわかります。お客さんたちが寒い寒いと言ってるからね。

そのせいかスープ類がよく売れるようになってきた。一番の人気はコーンポタージュだ。カップ麺も相変わらずよく売れてる。冬場は温かい物が冒険者にはありがたいようだ。

「百均ってあれないのか?」

タケルが聞いてくる。

「あれじゃわかりません」

「カイロだよ。ホ◯カイロとかいうの」

ああ。ホ◯カイロか。冬場には安いし、使い捨てだから便利だよね。

「ホ◯カイロあるけど売れるかな? この世界には魔法があるから売れないんじゃないの? 魔石とかでカイロとかありそうだし」

「魔石で似たようなものはあるけど、貴族様くらいしか使ってないよ。高価だから日常的には使えないな」

「そっか。でもホ◯カイロって日本だと不燃ゴミになるんだけど、この世界だとどうなるのかな。そうだ。この世界って、ゴミの分別ってどうしてるの？」

前から気になってた事を聞いてみる。

タケルと出会ったおかげで、ゴミはいつもタケルが魔法で処分してくれてる。それまでは袋に燃やせるゴミと燃やせないゴミに分けて一階の隅の方に溜めてたんだけど、それを見て一気にタケルが魔法で処分してくれたのでそれからはいつも任せてた。

え？　ゴミ屋敷になるところだった？　さすがにそんな事になる前になんとかしてたよ。ちょっと忙しかったから、隅っこに溜めてただけだよ。本当だよ。

というわけでずっとタケルが処分してたからゴミがどこに行くのか知らない。魔法でゴミ捨て場に移動してるんだと思ってたんだけどね。

「今頃聞くのか？　この辺のゴミ捨て場は少し離れてるけど商業ギルドの裏にあるよ。そこに一と五のつく日に置いとくんだ。でもそこで処分されるわけじゃない。そこからゴミ処理場に魔方陣を使って移動させるんだよ」

魔方陣？　やっぱりファンタジーな世界だね。

「ゴミ処理場って事はやっぱり燃やすの？」

「雑食のピンクスライムを改良して作ったイートスライムが食べるんだ。ゴミを食べて肥料ができるんだよ」

「なんだか日本の生ゴミ処理機みたいですね」

「このゴミ処理場を作ったのは二代目の勇者様だから、元になったのはその生ゴミ処理機だと思うよ」

うーん。でも日本のより優秀だよ。生ゴミ以外のものも分解するんだから、すごいよ。日本に欲しいよ、イートスライム。

「それまでは肥料ってなかったから、作物も育ちが悪かったらしい。ゴミ処理場のおかげでナナミの好きなポテポテもいっぱい食べられるようになったのさ」

そうだったのか。ゴミ処理場がなかったらこの世界の食生活はもっと悲惨《ひさん》だったんだね。


朝起きた時から寒いと思ったら、雪がちらついていた。冬服買いに行ったほうが良さそうなくらい寒い。あまり外に出ないのでいいと思ってたけど、ドアが開くたびに冷たい空気が店の中にも入ってくるので、もう少し暖かい服が欲しいね。

「ホ◯カイロ売れないね。宣伝してないからダメなのかも」

数日前からホ○カイロ売り出したけど、ホ○カイロを知ってる人がいないのでなかなか売れない。

「試供品って事で、商品買ってくれた人に配ってみたらどうだ」

「そうだね。テレビがあったら宣伝も楽なのに」

「王都にある新聞で宣伝してもらったらいいかもな」

何気なくタケルがすごい事言ってる。王都だと新聞があるんだ。人口が多いからかね。なんかどんな内容なのかとっても気になるんだけど。

「まあ心配しなくてもホ○カイロは絶対売れるから」

私が首を傾げたのをタケルは勘違いしたらしい。どんな新聞か気になっただけなんだよ。ホ○カイロは売れなかったら自分が使ってもいいので心配はしてない。

「今日は寒いから、シチューにしたよ。コッコウ鳥の肉も美味しいからね」

　本日の賄いはコッコウ鳥のシチューだ。ご飯もチンしてる。チンの役目はタケルではなく私になった。ふふふ、やっと魔法で温めれるようになったの。

マイクロ波とか言ってるタケルに騙《だま》されてたが、温めを簡単にしてる冒険者を見て尋ねたら、とっても簡単に温められるようになった。もちろん私の生活魔法のレベルが上がってたからでもあるんだけどね。

コッコウ鳥のシチューを並べ終えた時、ドアを叩く音がした。

『タケル、いるんだろう？』

タケルを呼ぶ声が外からしてる。どうやら客人のようだ。

「タケル、お客さんだよ」

「ああ。何も食べる時に来なくてもいいのに。いや食べ物の匂いに敏感なのかもな」

声で誰かわかってたみたいだね。

「シチューまだあるか？」

「タケルがお代わりしないのなら大丈夫だよ」

私が答えるとタケルはため息を吐《つ》いて、

「もう一人分用意してくれ」

と言ってドアを開けに行った。タケルが食べ物を譲るなんていったい誰なんだろう。気になるけど、今はもう一人分シチューを用意する方が先だね。

コッコウ鳥のシチューとはいうものの肉だけでは物足りないので、玉ねぎとポテポテも入れてある。コーンの缶詰があったので、コーンも追加した。

ご飯もあるしマカロニソーセージの簡単サラダも添えてる。

「どうぞ、賄いなんで大したものではありませんが」

タケルの隣に座った旅姿をした男の人に声をかけた。初めて見た時のタケルのように涙が浮かんでる。これは、どうやら私たちと同じ日本人なのかな？

「俺のシチューを分けてやるんだから心して食えよ、ユウヤ」

タケルはドヤ顔です。ユウヤって、やっぱり日本人なんだ。

「シチュー……もう、食べれない…と…おもってまじた。お…お米まで……」

何を言ってるのか、かろうじてわかるけどみんな大げさな気がするよ。

「冷める前に食べてください。温かいうちのほうが美味しいですよ」

声をかけてから手を合わせて、

「「「いただきます」」」

と三人で言ってから食べ始めた。

コッコウ鳥の美味しさを際立たせるために大きめにカットして作ってある。アツアツのクリームシチューをふうふう言いながら三人で食べた。ユウヤさんが一番感動したのはやっぱりお米だった。日本人はやっぱりお米なんだろうな。

そして食べ終わった途端にユウヤという人がバタンと倒れた。

ビックリして立ち上がった私にタケルは大丈夫だと言って、倒れたユウヤにどこからか出してきた毛布のような物をかけてあげる。

「こいつは俺より長くここで暮らしてるんだ。十年前だって話だ。それからずっと旅をしながら暮らしてる」

十年も前から暮らしてるのかぁ。想像がつかないな。

「タケルみたいに日本の食べ物とか探してたの？」

「いや、ユウヤは仕事で旅をしてるんだ。ユウヤはこの世界に来た時、冒険者で稼ごうとしたと言ってた。知らない世界で稼ぐ方法なんて限られてるからな」

そうだよね。いきなり着の身着のまま連れてこられても、生きていくには稼がないといけない。そこで立ち止まって考える事すらしてる暇はないのだろう。私に百均がなかったら何をしてたんだろう。やっぱり冒険者になるしかない気がする。

「多少魔法が使えても、ユウヤには向いてなかったらしい。魔物を殺すのが耐えられなくなったと言ってた。それでも商売ができるくらいは稼いでから、冒険者を引退したんだ。今はステータスを使って荷物を運ぶ依頼を受けて生活してる。俺たちが持ってるステータスは無限に入るんじゃないかっていうくらい大きなマジックボックスがついてるから、それを利用して街から街へ宅配の仕事をしてるってわけさ」

「それで今も旅をしてる途中でここに尋ねてきたのね」

ステータスは、私の場合はアイテムカバンがついててその中に物を入れたり出したりするけど、他の人は直接ステータスと言って物を入れたり出したりしてるから、どうなってるのかなって思ってたけどマジックボックスがあるのね。それを利用して宅配するなんて賢い気がする。全然思いつかなかったよ。容量が普通は少ないから、商売にならないんだろうけど、異世界人である私たちは魔力が強いから容量も大きくなってるそうだ。

「で、ナナミにお願いがあるんだ」

タケルがユウヤのためにしてほしい事があると言ってきた。

きっとあれだね。そのくらい大丈夫だよ。

タケルもいいとこあるよね。友達のために仕事をお願いしてくるなんて。

「いいよ。宅配の仕事をユウヤさんに頼んだらいいのでしょう?」

私が胸を張って答えるとタケルは首を振った。え? 違うの? 確かにこの世界に知り合いもいないから配達するところもないけど……。

「マジックショップナナミの二号店を作って欲しいんだ」

「いいよ~って。えー。二号店を作るの?」

（四）

「な、なんでいきなり二号店なの？」

「二つ目の店だから二号店でいいだろ」

「そういう事じゃなくて、店開く事とユウヤさん助ける事が繋がらないなーと思って」

「ん？　俺がどうかしたのか？」

私たちの声が大きかったのか、ユウヤさんが起きたようだ。

「マジックショップナナミの二号店のオーナーにユウヤを薦《すす》めてたんだ」

「本当ですか。ありがとうございます、ナナミさん。これで親子で暮らせます」

「まだ決めたわけじゃ……。奥さんとお子さんいるんですか？」

まあ確かに十年もここにいるんだから結婚してても不思議ではないんだけど、旅をしながら暮らしてるって言ってたから独身なんだと思ってた。

「うん。六年前に結婚したんだ。子供が生まれるまでは一緒に旅をしてたんだが、嫁と娘は今はセルビアナ国ウータイで暮らしてる。旅は危険な事もあるからね。ウータイにはヨウジさんがいるから安心なんだ」

親子が離れて暮らすのはかわいそうだ。これは二号店開くの反対できないよね。

「わかりました。でも店の名前は《マジックショップナナミ》ではなく《マジックショップユウヤ》にしましょう」

「どこに開くんですか？」

ユウヤさんがタケルに尋ねている。えー。名前の事はスルーなの？

「ウータイでいいと思う。この間市場で売ってみたが、すごく評判良かったから大丈夫だろう。商業ギルドも反対するどころか応援してくれるさ」

「前に店を出したいって相談した時は全然だったんだけど……。まあ、売る物も決まってなかったし、ただ旅から帰ってきたら子供におじさんって呼ばれたのが原因だと言ったから、呆れられてたんだろうけどさ」

自分の子供におじさんって……かわいそすぎる。

「取り分は売り上げの半額かな」

「妥当ですね。もっと高くてもこっちは何も言えないですよ」

怖い内容だ。そんなに貰えないよ。

「そんなに貰えませんよ。百円で買ってる商品なのに」

「何言ってるんだ。売れなかったら貰えないって事だろ？　ユウヤが売らない限りナナミは商品の金の回収はできないんだから、このくらいは貰っていいんだよ」

タケルの言いたい事はわかるけど半額は貰いすぎだよ。結局、売り上げの三割という事で折り合いがついた。


結局、夜中まで話し合っていろいろな事を決めた。

「名前は《マジックショップナナミ二号店》で決定だ。多数決だから文句は受け付けない」

多数決って三人しかいないから、私が絶対不利な気がする。ブーブーと言ったがスルーされた。

「それとナナミの取り分は売上金の三割に決定したが、それとは別に売った個数×一銅貨。これも多数決で決まった事だから文句は受け付けない」

うーん。ユウヤさんも律儀な人だ。三銅貨で売ってる商品があるんだから三割だと赤字になるとか言ってくるんだから。その辺はオールド眼鏡とか利益が出る商品あるから大丈夫だって言ったんだけど、それならこっちもオールド眼鏡とか売って稼ぐから、せめて売った個数×一銅貨は払うって事で決着した。

「売る値段は一号店と共通でいく」

運送費も今のところはかからないから共通の値段で売る事になった。

そういうわけでユウヤさんは一生懸命、値段を写している。ノートとボールペンを差し出すと喜んでいた。

「これも売りたいですね」

「そうですね。ボールペンとノート、これから売っていこうと思ってたんですよ。あと、鏡とかもあまり見かけないから売りたいけど、だめですかね？」

「鏡は高いからあまり見かけないんですよ。一銀貨くらいで売ってみますか？」

「私は値段が高いのか安いのかよくわからないからユウヤさんに合わせますよ。ユウヤさんは長くここにいるから相場わかるでしょ」

「鏡は一銀貨でも安いけど、あんまり高くして売れないのも困るから妥当だと思う」

「じゃ、それで決まり。あと、調味料もっと増やしますか？　ガーリックパウダーとか酢とか……あ、マヨネーズのパック入りがあるから、開店前に試供品として配るのにいいかも」

「それ、いいですね」

いろいろな事が決って終わったのは夜中の二時だった。さすがに眠い。

「遅くまですみません」

「明日は休みだから気にしないでください」

「じゃ、俺の家に行くか。明日昼にまた来るよ」

タケルはそう言うとユウヤの腕を取って、あっという間に光に包まれた。

どうやら転移で帰ったようだ。いつも店の扉から帰って行くのに夜中なので急いだみたい。

# （五）

「いきなり魔法で転移するなよ。びっくりするじゃないか」

ユウヤが怒って喚いている。

「お前がなかなか帰ろうとしないからだ」

タケルも言い返す。

「あの百均ってどう見てもチートだよな。何でナナミさんはチートじゃないって思ってるんだ？」

「女神様の手紙にチートはあげられないって書いてあったそうだ。どうもナナミをここに連れてきた女神様は新米女神のような気がする。宿屋も用意してくれてたり小遣いもくれてる。今までに会ってきた地球人に聞いた話と全く違う。皆、着の身着のままだったよ」

「そうだな。俺が聞いた話とも違うよ。だいたい皆その時にハマってるものを能力として貰ってる。それがチートになる奴もいるけど、努力次第かな。俺は刀貰ったけど、使い切れなかった」

「そんな事ないさ。その腕がなかったら、旅をして暮らしをたてるのも無理だったろう。ただ生命のあるものを殺すのが嫌になっただけなんだから」

「甘いよな。肉だって食べてるのに、自分が殺すのはためらってる。日本にいる時は剣を振り回してるのが楽しかったんだけど」

ユウヤは居合の達人だった。彼の才能は高く評価されていた。

「なあ。勇者は召喚されたんだからまた違う話なんだろうけど、ここに女神様によって連れてこられた俺たちってあっちで死んだから連れてこられたのかな」

「皆記憶が曖昧《あいまい》だから断言できないが、たぶん死にかけてる所を連れてこられたような気がする」

「じゃ、帰ったとしても死んでるって事か」

「なんとも言えないがな」

タケルとしても想像でしかないので断言はできなかった。

「二号店良かったのか？　ナナミさんはあんまり店広げたくないようだったが……俺は助かるが」

「本当はこの店をユウヤに任せたかったんだ。ナナミはのんびり本読んで、時々店番して暮らしたいみたいだからね。それで呼んだんだが、この間ウータイの市場で売ったのがまずかったのか、また店を開いてくれって言って来たから断ったんだが、商業ギルド同士で話し合いが行われたらしく、二号店を開いてくれないかって話になったらしい。それでそれとなくナナミに言ってくれって頼まれてたんだ」

「タケルに頼むなんて、タケルの方が言いやすいのかな？」

「ナナミはああ見えて頑固なところがあるからな。今回の事もお前の家族と一緒に暮らしたいっていうのがなかったら頷かなかっただろう」

「でもこの商売結構恨まれたりしてないのか？　塩と砂糖はそんなに安くしてないけど、カップ麺とか缶詰売ったら干し肉売ってると事か困ってるだろう」

　ユウヤが心配そうに聞く。

「まあ、多少は影響あったみたいだが、カップ麺にしろ缶詰にしろかさばるからな。みんながアイテムカバン持ってるわけじゃないからそんなには持って行けないさ。干し肉も売れてるんだよ。それに今まで殿様商売してたんだけど、危機感出たらしくて干し肉も改良されてきたんだ。ナナミのとこで調味料買って研究したらしく味が美味しくなってるって評判だよ」

　タケルがおもしろそうに話す。

「それに、ユウヤなら泥棒とか来ても大丈夫だろ？　嫁さんも魔法が使えるって聞いてるし。日本の商品も知ってるから教えなくてもすぐ商売ができる。おまけにナナミの百均の事を話せるくらい信頼できるのはユウヤだけだからな」

　ユウヤはタケルの話を聞いて不覚にも涙が出てきた。この信頼を壊さないようにしないと決意を新たにするのだった。

## （六）

「じゃあ、また明日」

タケルは手を振って店を後にした。

「ん？　隠れてないで、出てこいよ、クリス」

「隠れてませんよ、話があったので待ってただけです」

クリスは建物の陰から出てきた。

「早いな。もう家が見つかったのか？」

「家なら数軒心当たりがありますが、その前に聞いておきたい事があります。勇者様は本当にここに居座る気ですか？」

「さっきも言っただろう。ナナミの店には、この二年間旅をしながら探し求めてたものがあるんだ。離れる気はない」

きっぱりとタケルは答える。

「そうか。わかったよ。だったら勇者様にもナナミの安全を気にかけてもらいたい。女一人で商売してると、危ない奴らが湧いて出てくるから。この店は魔法で守られてるから夜は大丈夫だが、昼間とか客のふりして現れるかもしれないからね」

「もとよりそのつもりだ。今、ナナミを失ったら俺はこの世界を滅ぼしてしまうかもしれないからな」

クリスはギョッとした顔で絶句している。

「はっはっは。そんな顔をするな。冗談だよ、冗談」

タケルは笑っているが、冗談には見えないとクリスは思った。確かにこの世界を滅ぼすというのは冗談なのかもしれないが、この街、いやこの国ぐらいは滅ぼしそうだ。

「ナナミのところで売ってるカップ麺とかは、故郷にあったものと同じものなのですか？」

「いや、全く同じではないな。どん兵〇や一〇ちゃんはないからな。でも似たものでもいいんだ。もう食べれないと思っていたからな」

「そうですか。私にはどうしても食べたいものというのはありません。……いえ、そうですね。ちゃんぽんはもう一度食べてみたいです」

クリスは以前食べたちゃんぽん麺に感動していた。スープの味も絶品だった。

「そうか。でも他にもいろいろ食べた方がいいぞ。もっと食べたいものが出てくるさ。きっとな」

タケルは意味深に笑った。

クリスはそのまま家を案内する事にした。ここからそれほど離れていない場所に一軒ある。

「ここは、異臭がすごくてあまり人気がありません。ですがその分、格安です」

「臭《くさ》いな。なんの臭《にお》いだ?」

「肉の臭いです。前にここで魔物を解体していたようで、魔法で消臭しても何故か臭いが落ちないようです」

「却下だ」

タケルは鼻をつまんで首をふる。魔法で消臭しても臭いが消えないとは、祟《たた》りのようではないか。

「やっぱり駄目ですか。あなたなら買ってくれるかもと思ったのですが」

「壊したほうがいいんじゃないか? こんなに臭いと売れないだろう」

「そうですね。話には聞いていたのですがここまで臭うとは思ってませんでした。更地にした方が有効活用できそうです。父上に報告しておきましょう」

次に案内されたのはナナミの店からタケルたちが歩いて十五分くらいの場所である。ナナミだったら三十分はかかりそうだ。庭もあり、部屋も一階に二部屋、二階に三部屋と結構広い。広い庭もある。家というよりお屋敷だ。

「少し広いな」

「一人暮らしには広いですが、勇者様の別宅としてはこのくらいあった方がいいと思いますよ。もう一軒も大きさとしては変わりません。こちらの方がナナミの店に近いですがどうされますか？後は街の不動産屋に行けばもう何軒かありそうですが……」

「ここに決めるよ。手続きしてくれ。いつから住めるようになる？」

「支払いが済めばすぐにでも住めます」

「じゃ、今から邸の方に一緒に行こう。支払いを済ませとくよ。早く住みたいからな」

クリスとタケルは肩を並べて家から出た。どこからともなく馬車が現れ止まった。

「どうぞお乗りください」

動じる風《ふう》もなくクリスが言った。ここで決まる事がクリスにはわかっていたようだった。

## （七）

「陛下、こちらが例の少女の店で売ってる商品です」

ガーディナー公爵は国王陛下にオールド眼鏡やカップ麺等が入った袋を渡した。

「ここには誰もいないんだから従兄上《あにうえ》と呼んでほしいな」

「それはなりません。どこに耳があるかわかりませんから」

ガーディナー公爵は首を振った。

「お前は堅くていかんな。ふむ。これがオールド眼鏡か。おーすごいな。確かに字がくっきりと見える。これを金貨一枚で買えるとは、我が国の特産品になるのではないか」

デルファニア国の王であるイーサンはオールド眼鏡をかけたまま頷いている。

「はい。このまま我が国にいて欲しいのですが……」

「どうした。お前らしくもなく弱気じゃないか。おー、この飴も美味しいな。初めての味だ。という事は、やっぱりナナミとかいうものは異世界人だったのか？」

「おそらく、間違いないかと。最近では勇者が毎日通っているようです」

「今代の勇者はイルディア国にいるのではなかったか？　確か魔王退治の功績で伯爵の位を与えら

れ領主に任命されたとか聞いていたがどうしてこの国にいる？　人違いでは？」

イーサン国王は首を傾げた。

「いえ、勇者と挨拶を交わした事のある我が息子が断言しました。勇者タケルだと。部下たちがある男が最近店に入り浸《いびた》っていると騒いでいた時、丁度息子がマジックショップナナミに買い物に行って、勇者に再会したようです」

「そうかクリスが断言したのか。魔王を退治した時のパーティーにクリスも呼ばれたのだったな。という事は間違いないだろう」

「その時家を買うと言ってたそうです。クリスが言うにはナナミに気があるから家を買うのではなく、ナナミの売ってる物と離れられない、離れたくないと言ったそうです。その時カップ麺を食べていたそうですが、ナナミと同じように〝ハシ〟というものを使って上手に食べていたそうです。おそらく同じ世界から来たのではと言ってました」

しばらく二人は黙り込んだ。考え込んでいるようだった。しばらくするとイーサン国王が、

「家を買うと言ったのなら大丈夫だろう。自分の領地に連れて行くという事ではないのだからな」

と言った。

「そうですね。ただ勇者は我々とは比べものにならないくらい変わった魔法を使うという事なので、監視は必要かと」

「ふむ。勇者は敵ではなさそうだが、何処に敵がいるとも限らない。これほどの商品を生み出す力

だ。監視は必要だろう。で、アンドリュー。ラーメンはまだなのか？　持ってきたのだろうな」

イーサン国王は早く食べさせろとばかりにテーブルを叩く。

「そろそろ持ってくるはずですが、毒味に時間がかかってるのでしょう」

イーサン国王がラーメンを食べれたのはそれからさらに十分後の事だった。残念ながら麺が伸びてスープも少なくなっていた。国王というのは因果な商売である。

## 【第六章】　エピローグ

### （一）

あれからひと月が経った。とてもとても忙しかった。タケルが時々ウータイに行くので店番が一人になるからだ。一人だとやっぱり忙しい。手伝いを雇う事を真剣に考えないとね。

向こうの開店に合わせてこちらも模様替えをする事にした。新しく売り出す商品もあるので思い切って一週間お休みだ。お休みといっても模様替えのため忙しいのでクリリに声をかけて手伝いに来てもらった。どうにか二号店がオープンする日に新装開店ができそうだ。

明後日には二号店がオープンなので今日はタケルと一緒にウータイへ行く事になった。まあ、要するに商品を卸《おろ》すのだ。この間もユウヤが大分持って帰ったけど、今日はしばらくの間の在庫とかも考えてたくさん置いて帰る予定だ。いくらタケルがいるといっても、そうそう転移で荷物を運んでもらうわけにもいかないからだ。

タケルと手を繋いだ瞬間、白い光に包まれた。あっという間にヨウジさんの宿屋に到着した。

「これからすぐマジックショップナナミ二号店に行こうと思うが……ナナミ、カバンは？」

「あれ？　記憶にないよ。移動する間になくなったのかな？」

「そんなわけあるか。トイレ行くとか言ってカバン置いてただろ。そこに置いてるんじゃないか？」

タケルに言われるとそんな気がする。

「そうかも……」

「しょうがないなぁ。俺が取ってくるからここでおとなしく待ってろよ」

タケルはため息を吐くと消えた。ホント便利だよ魔法って。っていうかタケルが便利なんだね。一家に一人必要だね～。

「変な奴だなぁ。ニヤニヤ笑って気味悪いぞ」

もう帰ってきてる。この口さえなかったらね。

「ほら大事なものなんだから気をつけろよ」

「はーい。ありがとう」

まだ何か言いたそうだったが首を振って、

「行くぞ。ユウヤたちが待ってるからな」

と部屋から出て行った。慌てて後を追いかける。見失ったら間違いなく迷子になる自信がある。

どんな店なんだろう、楽しみだね～！

「初めまして。あなたがナナミさんね。思ってたより大きいのね。ユウヤの話から想像してたのはもっと幼い感じだったわ。私はユウヤの妻でミリアです。この子は娘のユーナ」

お、驚いた!! ユウヤさんの奥さんは猫の獣人だった。お子さんにも猫耳があってとっても可愛い。奥さんはグレーの髪に緑の瞳だけど、お子さんは黒髪に黒目で。お父さんに似たんだね。

「初めまして。ナナミです。よろしくお願いします」

「ナナミさんのおかげで家族で暮らせるようになったわ。本当にありがとう」

「ありがとう」

お母さんの真似をしてユーナちゃんも頭を下げる。猫耳がピコピコ動いてかわいい！

「いえ、気にしないでください。困った時はお互い様という言葉が日本にはあるんですよ。私に何かあった時は助けてくださいね」

「ユーナちゃん、髪飾り使ってくれてるんですね」

ユーナちゃんをよく見ると髪を結んでるゴムは、ユウヤさんにお土産で渡したものだった。ゴムに花の飾りが付いてる。

「とっても気に入ってるの。毎日これで結んでくれって言うんです。それで相談なんですが、これ売りませんか？　こういうの欲しがる人いると思うんですよ」

「いいですね。鏡売ってる横に櫛《くし》やカチューシャ、カチュームにパッチン留め、いろいろあるから選べますね。値段はどのくらいで売れますか？」

「この辺りの相場だと五銅貨から一銀貨くらいかしら」

「わかりました。一号店でも売るから値段を決めていきましょう」

百均からいろんな種類の髪飾りを買って鏡の横に並べていくとキャーキャー言って喜んでくれた。

「おいおい、どうしたんだ？」

騒ぎを聞きつけてユウヤさんがタケルと一緒に現れた。

「あなた、髪飾りってこんなにいろいろあるのね。売るのが楽しみだわ」

「俺にはよくわからないが、これだけ騒ぐって事は売れそうだな」

ユウヤさんには髪飾りの魅力はわからないみたいだね。私もここまで反響があるとは思っていなかったので嬉しくなる。

ユウヤさんの店は結構大きいのでたくさん商品が置ける。今回の開店の目玉商品は時計だ。大量生産が追いつかないそうで、まだあまり出回ってないけど時計はそれほど高くは売ってないそうだ。

「時計を並べていくから時計を出してくれ」

まずは壁にかける物から出していった。その次は腕時計。腕時計はまだこの世界にはない。懐中時計を貴族の人は持っているみたいだ。腕時計の方が便利だから絶対に売れると思う。

「壁かけ時計や卓上時計は一金貨でいいとして、腕時計はどうする？」

「二金貨くらい貰ってもいいと思う。あんまり安く売ると時計の価値が下がるからな」

時計の値段はタケルとユウヤで決めた。私が決めると安くしすぎるから駄目らしい。安いって良い事だと思ってたけど、同じ商品を売ってる人もいるから、その人たちの事もある程度は考えないと大変な事になると言われた。

でもね時計は高い買い物だから保証書をつける事にしたの。百均の時計ってたまにすぐ電池切れたりする事あるから、買ってからひと月以内に動かなくなったら交換するって事にした。もちろん落として壊れたのはダメだよ。

「ついでにタイマーも売ろうと思うんだけど、どう思う？　私はいい加減だからカップ麺とかだいたいの時間で食べるんだけど、三分とか五分とかわかりにくいみたいでしょ？　時計は高いからタイマーとか砂時計とかを売ったらどうかと思うの」

「それはいいかもな。俺たちは三分とか五分って普通の事だけど、この世界ではわかりにくいから」

タケルも賛成してくれたので百均で買って並べていく。なんだかいつもと同じ事をしてるのに楽しい。一人よりも仲間がいるってだけでなんだか違うみたい。

「このプラスティックの食器は子供用にどうですか？　かわいいでしょ？」

私は絵の描かれているランチプレートの皿を見せる。一つの皿なのに仕切りがあるので違うものを分けて入れられる。落としてもプラスティックだから滅多に割れない。ついでにプラスティックのコップも用意した。

「これ、かわいいわ。兎さんの絵なのね。これだったら落としても割れないから安心ね」

ミリアさんが目を見張って皿を眺めている。

「これで食べたい」

ユーナちゃんも喜んでくれた。よしよし、そんなに気に入ってくれたのなら同じ絵柄のフォークとスプーンも出しましょう。渡すと跳んで喜んでくれた。

オールド眼鏡の陳列を見ると、度数別に分けられて綺麗に並べられていた。私の店では＋2・0だけしか売ってなかったけど、二号店が開店するのに合わせて＋1・5〜＋3・5まで売る事にした。見本の眼鏡も置く事にした。

なんか並べ方にセンスを感じる。負けられないね。帰ったら私も見本の眼鏡を置かないと。

「ナナミさん、こっちに来てください」

ユウヤさんに呼ばれたので急いで側に行く。

「はい。どうかしましたか？」

「カップ麺の隣に袋麺とか棒状ラーメン置こうと思うんですよ。ありますか？」

「そうですね。ありますよ。あと、ソーメンとうどんの乾麺もあります」

ステータスで百均を見ながら答えると、

「乾麺いいですね。それもお願いします」

とユウヤさんが答えてきた。

「在庫はどうするんですか？　アイテムボックスに入れるんですか？」

「はい。それと裏に倉庫もあるからそこにも置く予定なんですよ。今日中に在庫の数決めるんでお願いします」

「はい。わかりました」

乾麺と袋麺を注文したところで、

『ピロリーン』

とお馴染《なじ》みの音が聞こえてきた。

「レベルが上がったみたいです」

みんなが商品を並べる手を止めて集まってきた。期待されてるけど、しょぼいと思う。

名前：倉田ナナミ（クラタナナミ）
年齢：二十一歳

職業：マジックショップナナミのオーナー
固有能力：生活魔法三・治癒魔法三・防御魔法三・ユーリアナ女神様の加護
ギフト：百均【百均の五百円までの商品が買えるようになりました】【百円コンビニの百円の商品が買えるようになりました（一日十個限定）】
カバン：財布一
財布：二千三百六十五万八千二百円

「え？　百円コンビニ？　どんなものがあるの？」

私は突然出てきた百円コンビニにびっくりした。聞いた事はあるけど行った事ないので、何があるのかよくわからない。でもやっぱり百均なのね～。

## （二）

朝がきた。まだ早いけどいつもと違う部屋で寝たせいか目が覚めてしまったようだ。

レベルが上がったのは嬉しいけど、『百円コンビニの百円の商品が買えるようになりました』は、とんでもないものだった。一日十個限定とはいえ生鮮食品が買えるらしい。私は百円コンビニを知らなかったけどタケルが知っていた。タケルに言わせるとおにぎりも買えるそうだ。

それを聞いたので昨日は早速おにぎりといなりを買ってみんなで食べる事になった。私たち日本人には馴染みのある食品だけど、ミリアさんとユーナちゃんには初めての味だ。心配だったけど、ユーナちゃんはいなり寿司が気に入ったのか両手に持って食べていた。

十個なんてみんなで食べたらあっという間だった。

他にどんなものが売ってるのか調べてみないと。百均とかぶってる商品も多そうだし。十個限定だから吟味《ぎんみ》して買っていこうと思う。

ユウヤさんたちは二号店の開店準備は昨日終わらせたので今日は宣伝用のチラシを配るそうだ。私とタケルはこの間観光ができなかったので、船とか海とかを眺めてから帰宅する予定だ。明日は一号店の改装オープンの日でもあるので、ゆっくりしてられないのが残念だ。

「海って日本と同じだね」

タケルと波止場に来た。海風が強くてすごーく寒い。風も強いから飛ばされないように踏ん張っている。

「泳いでる魚は違うものが多いけどな」

「うん。でも海の匂いも変わってないから、このまま船に乗ったら日本に帰れそうな気がする」

「本当に帰れたら最高なのにな」

海を見てちょっとホームシックになってきた。

船は木造で作られているようだ。大丈夫なのだろうか？　タケルが言うには船を動かすために魔法も使用してるから、日本の昔の船に比べたら安全だという事だった。でも乗るのは遠慮したいな。

「これが焼き魚なんですね。なんか揚げてるみたいだけど……」

美味しいと評判の魚料理のレストランに行く。教えてくれたのはミリアさんだ。やっぱり海の近くに来たんだから、魚料理食べて帰らないとね。

私は焼き魚定食。タケルは刺身定食。刺身って異世界でも食べるんだね。やっぱり異世界人が広めたのかな？

醤油の代わりに塩がついてるのか。でもやっぱり焼き魚は醤油をかけて食べたいから醤油をカバンから取り出す。私が醤油かけてるとタケルが、

「俺にも醤油くれ」

っていうから刺身醤油を出してあげた。

「なんの魚かわからないけど、美味しい！」

「刺身も美味しい。前は塩で食べたんだけど、醤油の方がやっぱりいけるな。これでご飯だったらサイコーなんだけど……」

そうなんだよね。定食とはいってもパンと貝のスープがついていて、ご飯というわけにはいかなかった。

でも新鮮な魚は久しぶりなので嬉しかった。次は刺身に挑戦したいな。

（三）

改装オープンの日の朝はクリリにも来てもらって、タケルと三人で朝食を食べた。昼ご飯は食べる時間がなかったらいけないので、『百円コンビニ』からサンドイッチとおにぎりを何個か買って準備は万端だ。

朝食はご飯と味噌汁、ウータイで買ってきた魚を焼いたものにした。ウインナーも買ったのでそれも並べた。クリリはウインナーが気に入ったようだ。やっぱりまだまだ子供だね。

クリリの給金は1時間三銅貨。このくらいが子供の時給の相場になるとショルトさんに教えてもらった。ここに勤めてくれる従業員はどうなったのか聞くと来週には来られるというので楽しみだ。忘れてるのかと思った。

改装オープン一人目のお客さんはショルトさんだった。時計を買っていくようだ。

乾電池の付いてない時計はサービスで付けて販売している。詳しい説明はタケルに任せた。タケルの説明のおかげか、腕時計も買う模様。

「この腕時計はタイマーとかいうのも付いてるから便利ですね。二金貨するがこの性能ならこの値段でも頷ける」

ショルトさんは満足した顔で、颯爽《さっそう》と帰って行った。腕には買ったばかりの時計を付けていた。時計はその後も少しずつ売れていく。鏡や髪飾りも驚いた顔で見てる人がいる。これは口コミで売れそうな気がする。

オールド眼鏡の度数をいろいろ変えて売るのは好評だった。見本があるのも良かったみたい。

お昼ご飯は用意していたサンドイッチとおにぎりですませた。クリリの目をくるくるさせて食べてる姿が微笑ましいね。

ジュースを飲み終わったクリリが空のペットボトルを鞄に入れているのを見て声をかけた。

「クリリ、ゴミはこの袋に入れてくれたらあとでタケルが捨ててくれるよ」

クリリは首を振った。

「ううん。これはまだ使うからゴミじゃないよ。このペットボトルって便利だよ。今この街の人たちはこのペットボトルに水入れたりして持ち歩いてるよ。こぼれないから便利なんだよね」

「へーそうなんだ。再利用とか考えた事なかったわ。ねえ、タケルもそう思うでしょ?」

「そうだな。もっと便利なものを知ってるから思いつかなかったな」

「じゃ、この袋にあるペットボトルも使うんだったら持って帰っていいよ」

「ホント!　みんな喜ぶよ」

ゴミにする予定だったのにこんなに喜んでもらえて嬉しいよ。他にも私が気付かないだけで再利用されてる物あるのかもしれないね。

## （四）

俺がナナミさんを初めて見たのは、

『タダで美味しいものを配ってる変な女の子がいる』

って聞いて慌てて最後尾に並んでマヨネーズとジャムを貰った時だ。なぜか俺たちには飴もくれた。ナナミさんは飴の食べ方を丁寧に説明してくれた。

飴は孤児院のみんなで食べた。とても甘くて、舐めても舐めても美味しくて忘れられない味だった。残りの飴の争奪戦で勝てた時は思わずガッツポーズしたよ。

争奪戦はじゃんけんだ。これはだいぶ前の勇者様が広めたって聞いている。誰も怪我をしないズルができない公平な戦い。だからこれで負けたからって文句を言う奴はいない。


二度目の出会いはオールド眼鏡を買いに行った時だ。やっと貯めたお金を持って店に行ったら閉まってて、でも諦められなくてドアを叩いたらナナミさんが店を開けてくれた。

オールド眼鏡を買いに行ったのに何故かカレーという食べ物をご馳走《ちそう》になった。カレーは辛くて辛くて、でも食べても食べても欲しくなる不思議な食べ物だった。ペットボトルというのを見たのもこの時が初めてだった。ナナミさんは見た事のない物を沢山持っている。不思議な人だ。

その後も孤児院にカレーを作りに来たり、カレーを寄付してくれた。先生たちはピーラーが気に入ったようで、しばらくはポテポテサラダばっかり食べさせられた。美味しいからいいけどね。

そして何故か改装オープンに合わせて俺を店員として雇ってくれる事になった。この店の店員になりたい人は沢山いるのになんで俺なんだろう。ナナミさんは、

「クリリはもの覚えも早いし、私よりこの街の事に詳しいからよ」

と言ってくれたけど、ナナミさんに比べたら俺の弟分の五歳のアルだって詳しいよってつっこみたくなったよ。

でもこの美味しい仕事を誰にも譲るつもりはない。見た事のない商品を売る事ができるのだから。

……そして食べる事もできるのだから。

## （五）

「ええ～～～！　二号店作るんだぁ」

女神であるわたしは、大声を出してしまった事に慌てて周りを確認する。誰もいない。ここはわたしの部屋なんだから、そもそもわたし以外の人がいるわけないんだけどね。

ホッと息を吐く。本来ここまでの加護は与えてはいけない事になっている。

他の女神たちは自分が加護した人間にあまり関心がない。異世界に行く時にちょっと関わるくらいだ。余程の事があると気まぐれで助ける事はあるけど、実はほったらかしといってもいいほど無関心だ。

でも女神様の加護を受けている人たちには魔物も近付きたがらないから、危険はあまりないし、毒も効きにくい身体になっている。とは言っても強い魔物は別だし、異世界人の方から近付けば魔物だって歯向かうから異世界トリップしてすぐ死んでしまう人間も結構いる。

わたしは自分の加護を授けた人間が簡単に死んでしまうのは嫌だから必死に研究した。他の女神様たちに異世界トリップさせられた人たちを観察して、どうすれば生き残れるのか必死で探したのだ。

優しい女神様を自称して、しばらく暮らしていけるだけのお金を渡し、宿屋も数日間は暮らせるように先払いして魔法まで授けた。これで異世界に飛ばされて直ぐに死ぬフラグは折る事ができた。

「まあ、見てる人たちがいなくて気付かれないからいいけど、百均ってこんなに便利なものだったのね。わたしは異世界トリップさせられたみんなを見てて全然役に立ってないスマホの代わりになるかと思って、スマホ以外の身近にあるものをあげただけだったんだけどね～。まさか百均の物を売って生活するなんて思わなかったわ。チートじゃないのにチートになっちゃったじゃない」

タケルのせいでどんどん、ナナミちゃんの店が有名になって広がっていく。この上、二号店までできると困った事になりそうだわ。

勇者タケルはわたしたち女神の管轄《かんかつ》ではない。彼がわたしのナナミちゃんにちょっかいをかけてるのは全く気に入らないが、彼を排除する事はわたしの力では無理なのだ。排除しようとして排除される可能性もあるという事だ。勇者っていうのは本当に厄介な存在だ。

「まっ、いっかぁ。どうせわたし以外は誰も見てないんだもん。百均がチートだったってばれないよね～。う～ん、このカップ麺ってホントに美味しいわ～。それにカレーも。こんなに美味しいものがあったなんて！　タケルが何かとんでもない事しないか、これからもナナミを観察しないといけないわ。う～、わたしも忙しいんだけど仕方ないわね～～。あっ、あま～い。ホットケーキにケーキシロップ!!　ほっぺたが落ちそうよ～」

# 番外編

## 【番外編1】　異世界トリップ～ヨウジの場合～

「どないしてこないな事になったんやろ」

ヨウジは頭を抱えてうずくまった。

今から一週間前、日本とは明らかに違う国に来た事はすぐに気付いた。

明らかに人間じゃない人種が歩いていたからだ。あれは獣人と言うのだろう。耳と尻尾の動きを見れば作りものではないとすぐにわかる。

これは異世界トリップというやつだろうか。ヨウジはゲームをあまりした事はないが、親友の利《とし》也《や》がそういう本が好きだった関係で異世界トリップという言葉は知っていた。

利也は異世界トリップでは勇者召喚が多いと言っていた。だが自分が勇者になったとは思えない。勇者召喚したものが路地裏で転がってるという事はあり得ないだろう。勇者召喚だったら今頃はたくさんの人たちに囲まれているはずだ。

ヨウジは首を傾げた。

「そうや！　ステータス見たら、なんやわかるかもしれんやないか！」

ヨウジはつい大声を出して、周りから奇異な目で見られた。だがそんな事は瑣末《さまつ》な事だ。こっちは人生の一大事なのだから。

「ステータス」

半信半疑で唱えてみれば、目の前に画面が現れた。だがそこには無情なまでにヨウジが望んでいたような事は書かれてなかった。

「なんやこれ?」

名前:南洋二(ミナミヨウジ)
年齢:二十一歳
職業:学生
固有能力:生活魔法・カーラ女神様の加護
アイテムボックス:スマートフォン一・本二・ボールペン一・たこ焼き用鉄板五・お好み焼き用鉄板五・大テコ十・小テコ三十・ピック十

「アイテムボックス?」

ヨウジが呟くとアイテムボックスの画面に切り替わり、欲しいものが取り出せるようになった。

とはいうものの何を取り出せばいいのか。何一つ役に立ちそうなものがない。お好み焼き用の鉄板とか、たこ焼き用の鉄板とか、よくわからないものばかりだ。

とりあえずスマートフォンを取り出した。もしかしたらこれで何かできるのかも知れないと思ったのだ。利也が読んでた本でスマートフォンを使って、出世するような話があったからだ。

「圏外……あかんやないか」

ただのスマートフォンだった。がっかりだ。だが読んでないメールがあるのに気付いた。

カーラ女神様からのメールだった。

《あなたは選ばれました。この異世界で生活してください。

チート能力はあげられませんが、普通に生活できるレベルです。

あとあなたの日常生活で必要だと思われる、たこ焼きとお好み焼き用の鉄板はアイテムボックスに入れてます。

この世界の言語は全て話せる能力はつけてます。ただし正しい日本語でないと間違って変換されるので気をつけてください。あと生活魔法が使えます。

楽しい異世界生活を送ってください。

カーラ女神様より》

「なんやこれ、選ばれたってなんなんや」

ヨウジはしばらくの間動く事ができなかった。だが、夢ではないという事はこの世界で暮らしていくという事だ。なんとかお金を稼がないと死んでしまう。利也が言っていた事を思い出しながら歩き出す。とりあえず冒険者ギルドに行ってみよう。


「わあああー」

ヨウジは冒険者ギルドを追い出された。

何故追い出される事になったのかわからない。さっきまでにこやかに笑っていた受付嬢が急に目を釣り上げて怒り出し、周りにいた強面《こわもて》の冒険者たちに両腕を掴まれて追い出されたのだ。もう一度入ろうにも入り口にはヨウジを追い出した冒険者が立っているから入れそうにない。

「お前も勇気があるなあ。あんな卑猥《ひわい》な事言って、追い出されるだけで済んでよかったな」

ヨウジに哀れみの視線を向けてぽんぽんと肩を叩く男は犬の獣人だった。

「ヒワイ?」

ヨウジはコテリと首を傾げた。そんな事言ってない。思い返してみるが、絶対に言ってない。

「俺もあそこまで卑猥な事を言う奴を見たのは初めてだったよ。勇気は認めるがバカなやつだなあ。

当分はこの冒険者ギルドには来ない方がいいぞ。次は八つ裂きにされるだろうからな」

ヨウジは文句を言ってやろうと立ち上がったが、獣人の言葉を聞いて冒険者ギルドに行くのをやめた。向こうの勘違いではなく、本当に自分が卑猥なセリフを言ったらしい事に気付いたからだ。翻訳機能がおかしいのかもしれない。

英語の翻訳アプリだって正確じゃなかった。完璧だと思うのがおかしいのかもしれない。その時ヨウジはある事に気付いた。慌ててスマートフォンを取り出しカーラ女神様からのメールを開く。

「あかんかったわ〜。せやった。書かれとったのに、ほんまアホやったわ」

《正しい日本語でないと間違って変換されるので気をつけてください》

「せやけど正しい日本語ってなんや。大阪弁は正しくないっちゅう事か」

理不尽に感じるが仕方ない。冒険者ギルドには、ほとぼりが冷めるまでは行く事ができない。どうやってお金を作ったらいいのかヨウジは必死で考えたが全く思い浮かばない。お腹も空いてきた。

ヨウジのいる場所から二軒離れた店から一人の男が出てきた
「やった！　売れたぞ」

店の前に立っていた仲間らしき男に嬉しそうに報告している。

「お、やったな。ここはなんでも買い取ってくれるって本当だったんだな」

「でも六銀貨だよ」

「六銀貨でも安い宿屋なら二人で泊まれるさ」

目の前の情景を見て、ヨウジは物を売る事にした。だが売るものがない。スマートフォンを売るのは嫌だ。これは最後の最後の手段だ。

ヨウジはなんでも買ってくれるという店に入った。

「いらっしゃいませ〜」

五十代くらいの白髪の男がカウンターに座っていた。見た事のないものばかりが売られている。本当に買ってもらえるのだろうか？

「なんでも買ってもらえるって聞いたんですが……」

「ふー。さすがに何でもって事はないですよ。売れるものだけです」

ヨウジは本を二冊渡した。日本語で書かれてるから読む事はできないだろう。少し良心が疼《うず》く。

この本は図書館で借りてる本だからだ。加工食品の作り方という料理本だ。自分が読むための本ではない。母親に頼まれて大学の図書館で借りた本だ。借りてる本を売るというのは本来してはならない事だ。だが背に腹は代えられない。

「これは……字は読めませんが絵が素晴らしいですね。ふむ、本当に売っていいのですか？」

「これしか売るものがないのです」

「一冊、一金貨。二金貨で買いましょう。半年は売りませんから、買い戻したい時は来てください。

買い戻し金額は二冊で三金貨になります」

ヨウジはこの世界のお金の価値がよくわからない。だが銀貨六枚で宿屋に泊まれると言ってたのを思い出して、とりあえず今日は野宿せずにすみそうだとホッとした。

「どないしてこないな事になったんやろ」

冒頭のセリフに戻る。ヨウジは一週間前にどうにかお金を作り、宿屋に一週間泊まれる事になった。もっと安い宿屋を探すべきだったのだ。朝食しかついてない宿だったが前金で全額支払った。そのため残金は五銅貨しかなかった。お金の価値を知らなさすぎた。冒険者ギルドに行けないとなると働くしかない。だが働き場所は一向に見つからなかった。銅貨五枚はすぐになくなった。

ヨウジは朝ご飯だけで一週間を過ごし、宿無しになった。不精ひげも生えてるし、一週間も風呂に入ってないから自分でも臭《くさ》いような気がする。

全く採用されなかったわけではない。初めの頃は小綺麗だったから雇ってくれるところも幾つかあったのだ。だが、ヨウジはなるべく標準語を使うようにしていたが、ついつい大阪弁を使ってしまい採用取り消しになったのだ。また卑猥な言葉になったのかと思ったら、客商売だというのに乱暴なセリフになっていたそうだ。どの辺が悪いのかサッパリわからない。そして今は小汚いせいで全く相手にされなくなった。


お腹が空いた。これはもうスマートフォンを売ってしまおうか。だが……。

ヨウジはうずくまったまま考え込んでいた。

いい匂いがする。食べ物の匂いでお腹がいっぱいになったらいいのに。

「もしもし？　こんな所で何をしてるの？」

ヨウジは食堂の前で座り込んでいたようだ。商売の邪魔以外の何ものでもない。

「す、すみません」

急いで立ち上がったが、貧血で目の前が真っ暗になった。

「大丈夫ですか？」

心配そうな声だ。

「だ、大丈夫です。ちょっと空腹で目眩《めまい》がしただけです」

「お腹が空いてるんですか？　うちで食べて行ってください」

「お、お金がないんです」

「ああ、気にしないで。もう店は終わってるから余り物しかないの」

天使に見えた。ああ、異世界には天使が住んでいる。ヨウジはふらふらと天使の後を追う。

ガツガツと食べた食事はそれほど美味しいものではなかったらしいが、ヨウジにとってはこれより美味しい食べ物は今まで食べた事がないとその時思った。

「それにしても何があったの？　お金でも取られたの？」

ヨウジは頷いた。異世界から来たとは言えなかったからだ。

「私はこの宿屋兼食堂の主人のアンジェ。あなたの名前は？」

天使は赤毛で青い瞳の人間だった。

「俺はヨウジ」

「そう、ヨウジは料理ができる？」

「少しならできる」

「料理人が辞めて困ってたの。私の料理じゃあ、お客さんがいなくなりそうなのよね。あなた、やってみない？」

「俺でいいのか？」

「私は人を見る目があるのだけが自慢なのよ。初めは三食部屋付きで給金はあまり出せないけど、どうかしら」

「宿もあるのか。料理の腕は自信がないけど頑張ってみるよ。ありがとうアンジェさん」

「それにしてもその姿は酷《ひど》いわね。洗濯の魔法を使うわ」

アンジェの手から青い光が現れたと思ったらヨウジの身体を包み込んだ。

「これは……」

お風呂に入ったかのように一瞬で綺麗になった。着た切り雀《すずめ》だった服まで洗濯をしたかのようになっている。

「生活魔法よ。ヨウジは洗濯の魔石を買う余裕もなかったのね」

洗濯の魔石？　当たり前の事のように言ってるから、知らないとは言えない。こっちの世界には知らない事が多すぎる。こんなんで生きていけるのだろうか？

いや、生きていくためにもまずはじめに料理だな。美味しい料理を作ってアンジェさんに満足してもらわないと……追い出されたら話にならないよ。

## 【番外編2】眼鏡探偵クリスの推理

僕はその日、授業を早めに抜け出して友人であるクリス・ガーディナーの家に行くため、急いでいた。このヴィジャイナ学院は全寮制だから本来ならクリスの部屋に行くなら急がなくても良いのだが、今日はクリスが王都にある公爵邸に帰ってるから、馬車で行くにしても時間が結構かかるのだ。

そのため走ってはならない廊下を走り鞄を置いてある教室へ急いでいた。すると二つ隣にある教室から同じ組のカイル・スペンサーが出てきた。

「アデルじゃないか。廊下を走ったりしてどうしたんだ？」

アデルというのは僕の名前だ。アデル・オズボーン、オズボーン伯爵家の長男だ。

「ああ。今日はクリスの家に行く事になってるから急いでるんだ。あいつは時間にうるさいからな」

「相変わらず仲がいいんだな。クリスといえば最近眼鏡をしてるようだが、視力が落ちたのか？成績も急に上がったようだし勉強のしすぎかな」

クリスが眼鏡をかけだしてひと月になるが、何故クリスが眼鏡をかけだしたか皆が気にしてる。

僕は本当の理由を知ってるが誰にも話すつもりはない。

「眼鏡をかける理由なんて、君が言ったように視力が落ちたからに決まってるだろう。普通は眼鏡をかけると人気がなくなるのに、あいつは前より女生徒にキャーキャー言われてて羨ましいよ」

僕が肩をすくめて言うとカイルは腕を組んで頷いている。

「理知的で素敵とか言ってるのを聞いたよ。何をしてもカッコいい友人を持つのも大変だな」

話しているうちに教室についた。急がないと約束に遅れるよ。クリスは本当に時間にうるさいからな。


いつの間にか前に来ていたカイルがドアを開けて入る。

「うわっ！　教卓の前で人が死んでる！」

カイルが突然大きな声で叫んだ。

「えっ？」

僕は彼のセリフに驚き彼を押しのけてそれを見ようとした。カイルはそれをさえぎり、

「アデル、先生を呼んできてくれ」

と言った。確かにここはカイルに任せて先生を呼ぶ方が先だ。

「カイルは一人で大丈夫か？」

「ああ、誰か戻ってくるだろうからここで待ってるよ」

「わ、わかった」

僕は走って職員室に急いだ。こういう時魔法を使えたら便利なのに、学校では授業以外で魔法を使う事は禁じられてる。

走ってると僕と同じ授業を受けていた生徒に出会った。今から教室に戻るのだろう。死体があると聞いて驚くはずだ。

そういえば誰が死んでるのか聞かなかったな。誰かはわからなかったのだろうか？


「というわけで、僕が約束に遅れたのは不可抗力なんだよ」

僕がクリスの家に着いたのは約束から四時間も後の事だった。不機嫌なクリスに遅れた理由を話していた。

「君がここに来れたという事は犯人は捕まったんだね」

クリスはただのガラスで作ってもらった眼鏡をかけている。日頃から慣らしているという話だ。試験の時や授業の時だけ《マジックショップナナミ》で買ったオールド眼鏡を使用している。女生徒たちが言うように前よりかっこよく見えるから不思議だ。

「よくわかったね。でもここに来れたのならってどういう事だい？」

クリスの召使が持ってきた、《マジックショップナナミ》で買ったと思われるジュースを飲みながら尋ねる。このシュワシュワした飲み物って本当に美味しいな。僕も今度《マジックショップナナミ》に行ってみようかなあ。

「一番疑われるのは第一発見者だ。その君がここに来てのんびりとお茶を飲んでる。犯人が捕まってなければまだ帰れてないさ」

いつもの事だが、なんでもわかるという態度に腹がたつ。眼鏡をかけてるからって探偵気どりか？

「ふーん。でも犯人が誰かはわからないだろう？」

僕がそう言うとクリスはニヤッと笑った。

「犯人はカイル・スペンサー。そして殺害されていたのはマーガレット・ヴァンサ」

「えーッ！　どうしてわかったんだい？」

僕の説明で犯人がわかるような事を言っただろうか？　しかも殺害された人が誰かもわかるなんて！　本当に探偵でもするつもりなのか？

「君は教卓の前で人が死んでるってカイルが言ったと言っただろう？　君の組は一番端の教室だ。わざわざ前側のドアを開けないだろう？　開けたのは後ろのドアだ。カイルは君と同じくらいの背丈で透視能力を持ってると聞いた事はない」

「それが？」

「わからないかい？　後ろのドアのあたりから教卓の前に倒れてる人が見えるはずがないって事だよ。そこに死体がある事は犯人だけが知ってる。という事は犯人はカイルって事だよ」

そんな事もわからないのかというようなセリフだ。……でも言われてみればその通りだ。あそこから死体が見えるはずがない。

「だが、何故死体の身許《みもと》までわかるんだ？」

僕はマーガレットの『マ』の字さえ言ってない。それなのにどうして犯人がわかったのだろう。

「彼らが付き合っていたのは見ていたらわかるさ。時々アイコンタクトを取っていただろう？」

そんな事でわかるのか？　彼らが付き合ってたのを知らなかったのは、もしかして僕だけなのか？

「それに最近カイル・スペンサーに侯爵令嬢との縁談話が持ち上がっていた。男爵令嬢と侯爵令嬢どっちを選ぶのか気になっていたが……」

そんな縁談話があったなんて噂にもなっていない。どこから聞いてくるんだか。

「まあ、彼にとっての誤算は君が戻ってくるのが早かった事だろう。君が思ってたより早く戻ってきたから一緒に教室へ戻る羽目になった。本来なら、一番疑われる第一発見者になるつもりはなかったはずだ」

僕が早く戻ってきたため、彼女を見つけた時にまだ生きていて僕に犯人の名前を言われたらと思って教室から出てきたんだろうとクリスは言った。心臓にナイフをひと突きだと聞いたが、カイルは僕の走っている姿を見かけて不安になったのだろうか？

人を殺した事がないので、カイルの不安は僕にはわからない。

「私だったらわがままな侯爵令嬢より気立ての良い娘を選ぶがな。それほど愛してなかったという事なのか……」

クリスの呟きに最近のクリスは変わったなと思った。以前のクリスならカイルと同じように侯爵令嬢の方を選んでいただろう。ただクリスだったら殺すような事はしないで、上手く別れていただろうけど。

最近のクリスは人間味が出てきたようで僕は嬉しいけどね。

とにかく自分の推理が当たった事でクリスの機嫌が良くなったようで僕はホッとした。

# キャラクター設定画

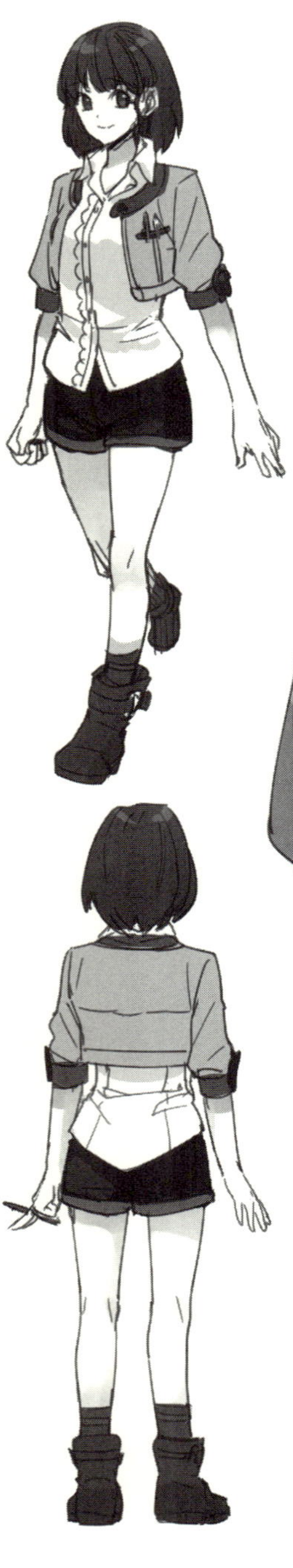

ナナミ

ユーリアナ

ショルト

ベス

クリス
メガネ有

クリリ

タケル

# 百均で異世界スローライフ　1

*本作は「小説家になろう」（http://syosetu.com/）に掲載されていた作品を、大幅に加筆修正したものとなります。
*この作品はフィクションです。実在の人物・団体・事件・地名・名称等とは一切関係ありません。


2017年4月20日　第一刷発行

著者 …………………………………… 小鳥遊 郁



イラスト …………………………………… アレア
発行者 …………………………………… 辻 政英
発行所 …………………………………… 株式会社フロンティアワークス
〒170-0013　東京都豊島区東池袋 3-22-17
東池袋セントラルプレイス 5F
営業　TEL 03-5957-1030　FAX 03-5957-1533
アリアンローズ編集部公式サイト　http://www.arianrose.jp
編集 …………………………………… 松浦恵介・渡辺悠人
装丁デザイン …………………………………… ウエダデザイン室
印刷所 …………………………………… シナノ書籍印刷株式会社